Eine junge blonde Frau wird ermordet. Die Täter: Zwei Abiturienten. Sie haben sich ihr Opfer nach dem Zufallsprinzip ausgesucht. Dabei steht jedoch nicht das Verbrechen im Vordergrund, sondern die Auswirkungen auf die Täter. Bei beiden stellen sich psychische Störungen ein: Desinteresse, Aggressionsausbrüche, Albträume. War der Zufall, durch den sie sich vor Entdeckung geschützt glaubten, doch nicht so zufällig? Hatte das blonde Opfer nicht große Ähnlichkeit mit der unerreichbaren Philosophielehrerin? Und liegt in ihrer Familiengeschichte nicht ein Muster vor, dem sie unbewusst folgten? Vererben sich verdrängte und verschwiegene historische Verbrechen weiter?

Leslie Kaplan wurde in New York City geboren, in einer jüdischen Familie polnischer Herkunft. Sie wuchs in Paris auf, wo sie heute als freie Autorin lebt. Ihre Romane wurden in zehn Sprachen übersetzt.

Leslie Kaplan

Fever

Von jetzt an, 5

Roman

Aus dem Französischen
von Sonja Finck

Berliner Taschenbuch Verlag

FSC
Mix
Produktgruppe aus vorbildlich
bewirtschafteten Wäldern und
anderen kontrollierten Herkünften

Zert.-Nr. GFA-COC-1223
www.fsc.org
© 1996 Forest Stewardship Council

März 2008
BvT Berliner Taschenbuch Verlags GmbH, Berlin
Die Originalausgabe erschien 2005 unter dem Titel
Fever
bei P.O.L éditeur, Paris

Umschlaggestaltung: Rothfos & Gabler, Hamburg,
unter Verwendung einer Fotografie von © Bloomimage/Corbis
Druck und Bindung: Clausen & Bosse, Leck
Printed in Germany
ISBN 978-3-8333-0518-4

www.berlinverlage.de

FÜR HJK

Nicht so schnell, ich hab dir doch gesagt, nicht so schnell, sagte Damien zu Pierre.

Ruhig, sagte Damien.

Pierre antwortete nicht.

Vierter Stock, sagte Damien. Renn nicht so. Ruhig.

Pierre antwortete nicht. Damien begann zu pfeifen.

Komm, sagte Damien. Dritter Stock. Noch zwei, sagte Damien.

Renn nicht so, hab ich gesagt. Wir sind gleich da.

Sie gingen die Treppe hinunter. Damien pfiff vor sich hin, Pierre schwieg.

Wir sind gleich da, sagte Damien noch einmal. Gleich sind wir draußen.

Draußen, wiederholte er und drückte die Tür zur Straße auf.

Wir sind auf der Straße, sagte Damien. Also dann, sagte Damien. Gehen wir.

Ich komm mit dir, sagte Pierre.

Kurzes Schweigen.

Wir hatten doch gesagt, ich geh hoch zum Platz, sagte Damien. Und du nimmst den Boulevard.

Ich weiß, sagte Pierre, ohne sich zu rühren. Ich weiß.

Ich komme trotzdem mit dir.

Damien zuckte mit den Achseln.

Sie gingen gemeinsam die Rue Delambre hoch, bis zur Place Edgar-Quinet.

Der grüne Eingang zur Metro, das Kommen und Gehen, die Leute. Getümmel, es ist sechs Uhr abends.

Viel los auf den Terrassen der Cafés. Die runden, weißen Tische, einladend.

Die Stühle sehen aus wie Frauen, dachte Pierre. Sitzende Frauen. Wie Beine, Füße. Arme, Knie.

Er wandte den Blick ab, schaute in den Himmel.

Tiefblauer Himmel, zwei Reihen Bäume, Frühlingsanfang. Ausladende Äste, Blätter.

Etwas weiter die Friedhofsmauer, eine schweigende Wand.

Komm, wir setzen uns, sagte Damien und sah Pierre an.

Pierre wirkte abwesend.

Damien legte ihm die Hand auf die Schulter.

Es ist alles perfekt gelaufen, sagte Damien.

Die Sonne scheint, der Himmel ist blau. Und wir, sagte Damien, wir sind die Größten.

Pierre schwieg.

Mann, es ist alles perfekt gelaufen, sagte Damien noch einmal.

Pierre rührte sich nicht.

Ich weiß, warum du Angst hast, sagte Damien nach einer Weile.

Pierre sah ihn wütend an.

Du hast Angst, sagte Damien, weil du glaubst, dass du Albträume kriegst.

Du glaubst, dass du sie nachts sehen wirst.

Pierre schüttelte den Kopf. Dann begann er zu lachen.

Und du, sagte Pierre, wirst du sie nicht sehen?

Weiß ich nicht, sagte Damien ernst. Weiß ich nicht.

Aber falls ich sie sehe, fügte Damien hinzu, dann weiß ich, dass es ein Traum ist.

Das ist mir schon ein paar Mal passiert. Ich träume und weiß gleichzeitig, dass es ein Traum ist. Gestern hatte ich einen Traum, den habe ich oft, ich renne und renne, ich komme zu einer Tür, sie ist abgeschlossen, ich will sie öffnen, ich schaffe es nicht, ich versuche es, ich versuche es mit Gewalt, ich rüttle an der Klinke, ich fange an zu schreien, aufmachen, aufmachen, ich höre ein Lachen, ein furchtbares Lachen, das schrecklichste Lachen, das man sich vorstellen kann, es fängt ganz leise an, ganz leise, dann wird es immer lauter und lauter und nimmt immer mehr Raum ein. So als wäre ich in dem Lachen gefangen und würde dagegen ankämpfen.

Aber die ganze Zeit weiß ich, dass es ein Traum ist.

Damien schüttelte den Kopf.

Ich hatte Angst, sagte Damien, aber …

Aber was?, fragte Pierre.

Hinterher denkt man nicht mehr dran, sagte Damien achselzuckend.

Aber das hier ist doch was anderes, sagte Pierre hitzig.

Warum?, fragte Damien.

Weil sie zurückkommen muss, sagte Pierre und sah Damien in die Augen.

Warum?, fragte Damien noch einmal, betont langsam.

Weil es keinen anderen Ort gibt, wo sie hinkann, sagte Pierre, die Worte kamen wie von selbst.

Red nicht solchen Schwachsinn, sagte Damien gereizt.

Red nicht immer solchen Schwachsinn, wiederholte Damien.

Schweigen. Damien sah Pierre an.

Sie war eine Nutte, sagte Damien. Basta.

Wir kannten sie gar nicht, sagte Pierre.

Eben, sagte Damien. Sie war eine Nutte und damit basta, sagte Damien.

Dann sagte keiner mehr was. Sie hatten sich an einen Tisch gesetzt, Damien trank eine Cola, Pierre einen Kaffee.

Pierre dachte an den Friedhof. Er wollte nicht daran denken, aber er tat es nun mal.

Er sah den Friedhof, und er sah das Schweigen. Pierre hatte das Gefühl, die Luft um ihn herum sei ein Vorhang, der sich zusammenzog. Irgendetwas wurde enger, immer enger.

Damien beobachtete die Leute, die vorbeigingen. Plötzlich sagte er, komm, wir gehen, und stand auf. Pierre stand auch auf.

Sie gingen nach Hause, jeder in seine Richtung.

Als Damien zu Hause ankam – er wohnte am Boulevard Raspail –, bereitete seine Mutter das Abendessen vor. Er gab ihr einen Kuss, fing im Vorbeigehen ihren Duft auf, die Essensgerüche. Er ging in sein Zimmer, versuchte zu lernen, er hatte noch nichts getan für den nächsten Tag, er konnte sich nicht konzentrieren.

Bei Tisch saß der Vater da und aß, lächelnd, selbstvergessen. Damien dachte an das Treppenhaus in der Rue Delambre. Er sah sich hinuntergehen, Stufe um Stufe, die einzelnen Stockwerke, hörte sich pfeifen.

Die Mutter, angespannt, hübsch, redete ununterbrochen.

Warum redet sie so viel, fragte sich Damien plötzlich, was hat sie nur immer zu reden, wie macht sie das, fragte sich Damien, wie schafft man es überhaupt, so viel zu reden, was nützt das ganze Gerede?

Reich mir mal die Schüssel, sagte Damien schnell, reich mir mal das Salz, reich mir mal den Salat, reich mir mal das Brot, sagte Damien.

Seine Mutter unterbrach sich kurz, reichte ihm die Sachen, redete weiter.

Als sie ihm den Käse gab, hob der Vater den Blick von seinem Teller und sagte lachend, jetzt reicht's aber. Die Mutter lachte auch.

Nach dem Essen half Damien seiner Mutter beim Spülen, Schaum, Seifenblasen, Parfüm.

Gehen wir ein Stück spazieren?, fragte die Mutter.

Sie gingen spazieren, es war ein lauer Abend, lau, fast schon warm. Helle, durchsichtige Dunkelheit, viele Menschen auf der Straße. Als sie zurückkamen, ging Damien ins Bett und schlief auf der Stelle ein.

Bei Pierre zu Hause Geschrei, Gezeter. So war es immer.

Er unterhielt sich ein bisschen mit seiner Schwester Joëlle, half ihr bei den Hausaufgaben für Geschichte, ging Brot und Nudeln kaufen, sah eine Weile fern, aß schnell zu Abend und schloss sich in seinem Zimmer ein. Er las, erst weil er ruhelos war, dann aus Interesse, und schlief nicht vor dem Morgen ein.

Als Damien aufwachte, füllte ihn der Traum, den er gerade gehabt hatte, noch ganz aus. Ein großer, weißer Traum, eine durchsichtige Wolke, er fühlte sich darin gefangen und kämpfte die ganze Nacht dagegen an, vielleicht auch nur kurz vor dem Aufwachen, ein leerer Traum, mit dem er nichts verband, rein gar nichts, außer einem unangenehmen Gefühl. Schlecht gelaunt zog er sich an. Als er den Pullover über den Kopf zog, spürte er wieder den stechenden Schmerz von dem Splitter, der gleich neben dem Nagel im rechten Zeigefinger steckte. Das wird eitern, hatte seine Mutter gesagt. Ich weiß, hatte seine Mutter gesagt, es ist nur ein winziger Splitter. Aber es tut sehr weh.

Pierre träumte nicht. Genauer gesagt, er weigerte sich zu träumen. Statt zu schlafen, sagte er sich die ganze Zeit, ich träume nicht, ich werde nicht träumen, ich weigere mich zu träumen. Natürlich war er beim Aufstehen erschöpft, todmüde.

Morgens in der Schule war Pierre einsilbig. Damien, außer Rand und Band, erzählte ihm von seinem Plan, bei der Martin die Sau rauszulassen, so seine Worte.

Pierre zuckte mit den Achseln. Du meinst, du willst es versuchen, sagte Pierre. Versuch es ruhig, sagte Pierre betont ironisch. Dann sagte er:

Man lässt bei Alice nicht einfach so die Sau raus, das solltest du inzwischen kapiert haben.

Nenn sie nicht Alice, sagte Damien mechanisch. So heißt sie nicht.

Ich nenn sie, wie ich will, sagte Pierre.

Im Philosophieunterricht von Madame Martin konzentriertes Lernen, Begeisterung. Das ganze Jahr über hatte sich eine Spannung gehalten, hielt sich auch jetzt noch, eine elektrisierte Ruhe, was sicher daran lag, dass Madame Martin sehr schön war, blond, kurvenreich, und gleichzeitig so was wie die ideale Lehrerin, aufmerksam, fordernd, schlicht. Die ganze Klasse bewunderte sie, die Jungen waren verliebt, die Mädchen auch, und am Ende des Schuljahrs lauter gute Abiturnoten.

Sie hatte ein Referat über einen Satz von Hannah Arendt aufgegeben, über die Tatsache, »dass Menschen und nicht der Mensch die Erde bewohnen«, mehrere Schüler hatten sich gemeldet, Vortrag, Diskussion.

Damien hob die Hand, und als er drankam, sagte er, ob nun Menschen oder der Mensch …, na ja, vielleicht, aber der Unterschied zwischen Männern und Frauen …, schließlich gebe es Dinge, die Frauen nicht verstehen könnten.

Man klärte ihn auf, das sei nicht das Thema.

Er blieb stur. Frauen, sagte Damien, sind anders als Männer.

Mehrere Mädchen meldeten sich, ein paar Jungen feixten.

Gut, Damien, dann erzählen Sie uns mal von Ihren Frauen, sagte Madame Martin lächelnd.

Damien fühlte eine maßlose Wut in sich aufsteigen, die durch die Diskussion nicht gerechtfertigt war, seine Haut brannte, er sah rot.

Übrigens trug Madame Martin einen roten Pullover, der ihr sehr gut stand.

Lebendig, lebhaft, blond wie ein Filmstar, und ihre präzise, überlegte Stimme.

Sie ist zu frei, dieser Satz schoss Damien durch den Kopf, aber was er damit meinte, wusste er nicht.

Madame Martin hatte den Ruf, anspruchsvoll und zielstrebig zu sein, »sie bringt ihre Klasse durchs Abitur«, manche Eltern setzten alles daran, den Sohn oder die Tochter in ihrer Klasse unterzubringen. Warum also »zu frei«?

Wenn man ihn, Damien, gefragt hätte, was hätte er dann gesagt? Vielleicht hätte er nichts gesagt, nichts sagen können, keine Worte gefunden. Vielleicht hätte er einfach diesen Gedanken wiederholt, der ihm durch den Kopf schoss, den er nicht verstand, sie ist zu frei, ich ertrage sie nicht, sie ist unerträglich frei. »Unerträglich frei«, diese zwei Wörter hätten seine Gefühle beschrieben.

Aber was hieß das? Promiskuität?

Nichts deutete darauf hin, dass Madame Martin, die einen Mann hatte, der sie manchmal abholte, promisk lebte – halblange Röcke, dunkle Strümpfe, flache Absätze.

Vielleicht eine Promiskuität der Ideen?

Sie stieg nicht gleich mit der erstbesten Idee ins Bett, sie war sogar ziemlich strikt, argumentativ und logisch, rational.

Frei, eine freie Frau, frei im Denken, aber was hieß das, eine Frau, die frei im Denken war, konnte eine Frau alles denken, zum Beispiel alles über ihn, Damien, denken, vielleicht war genau dieser Gedanke unerträglich, dass eine Frau etwas über ihn denken konnte, was er selbst nicht gedacht hätte?

Oder dass sie überhaupt denken konnte, irgendetwas, Sterne, Planeten, Galaxien, unerträglich, dieses freie Denken, wo ging es hin, Damien konnte es nicht wissen, aber weit, sehr weit von ihm weg?

Oft hasste Damien Madame Martin, fast ohne es zu wissen, er hatte den Eindruck, es war mehr als ein Eindruck, es war ein Bild, tief in seinem Kopf, er konnte das Bild sehen: Madame Martin, getrennt von ihm, weit weg von ihm, betrachtete ihn aus der Ferne, nein, nein, er wollte nicht, aber er sah sie, sie trat zurück, blickte ihn an, nein, nein, nur das nicht. Damien hätte nie gesagt, eine Frau muss zu Hause bleiben, eine Frau soll nicht studieren, aber diffus, unterschwellig hasste er es vielleicht, dass sie ihre eigenen Gedanken hatte, unbekannte, unvorhersehbare Gedanken.

Frauen sind anders als Männer, sagte Damien.

Zweifellos, sagte Madame Martin.

Ich meine, nicht nur körperlich, sagte Damien.

Sondern?, fragte Madame Martin.

Eine Frau, sagte Damien, denkt nicht wie ein Mann. Sie kann nicht. Das ist eben so. Sie ist anders.

Sofort entstand ein Tumult in der Klasse. Zwischenrufe, Pfiffe. Von den Mädchen, den Jungen.

Damien lachte.

Aber ich liebe den Unterschied, sagte Damien.

Männer denken auch nicht wie Frauen. Es geht nicht um Überlegenheit oder Unterlegenheit. Männer, Frauen. Weder überlegen noch unterlegen.

Was guckst du so blöd?, fragte Damien laut lachend, sie guckt mich blöd an, er redete mit seinem Nachbarn und zeigte auf ein Mädchen, das sich umgedreht hatte, um mit ihm zu sprechen.

Ich guck dich nicht blöd an, sagte Claudine, die klein und rundlich war, mit Brille und Zöpfen, aber du gehst mir auf die Nerven, deine Art zu reden geht mir auf die Nerven.

Was ist denn so schlimm an meiner Art zu reden?, sagte Damien.

Weiß nicht, sagte Claudine.

Manche Leute haben Angst vor Unterschieden, sagte Damien. Manche Leute haben Angst, von Unterschieden zu reden, Angst, sie auszusprechen. Ich nicht. Manche Leute haben deshalb Angst, sagte Damien, weil, wie Sie neulich gesagt haben, er sah Madame Martin an, es nicht »politisch korrekt« wäre, von Unterschieden zu sprechen. Aber ich nicht, ich habe keine Angst.

Und, sagte Damien triumphierend, Männer, Frauen, Weiße, Schwarze, wir alle sind Menschen. Ich bin kein Rassist. Im Gegenteil, Unterschiede finde ich interessant.

Frauen, ich liebe Frauen, gerade weil ich sie nicht verstehe.

Und tatsächlich, die ganze Klasse, jedenfalls alle, die sich an der Diskussion beteiligten, fast die ganze Klasse also war kurz davor durchzudrehen.

Der Tumult wurde lauter und lauter. Madame Martin bat um Ruhe. Mehrere Meldungen.

Also, findet ihr, dass ich Recht habe, ja oder nein?, sagte Damien ruhig und lächelte. Bezeichnet das Wort »Frau« eine andere Realität als das Wort »Mann«, ja oder nein?

Was ist das, Realität?, fragte Thomas, der direkt hinter Damien saß.

Was umfasst deine Realität? Bis wohin geht sie?

Manche Leute haben Angst vor Unterschieden, wiederholte Damien, und manche Leute haben Angst vor ihrer eigenen Angst vor Unterschieden, deshalb sagen sie, es gebe keine Unterschiede.

Aber es gibt Unterschiede. Das ist die Realität.

Du meinst, es gibt Leute, »die Racine nie verstehen werden«, sagte Thomas schroff. Sie hatten Charles Maurras im Unterricht durchgenommen.

Genau, sagte Damien, aber ich behaupte nicht, dass sie mehr oder weniger wert sind. Manche Leute werden Racine nie verstehen, und manche Leute werden die afrikanische Kultur nie verstehen.

Ahs und Ohs. Unzufrieden, aufgebracht.

Pierre sagte nichts. Er war gegen alles und jeden.

Thomas sagte:

Ein paar Unterschiede sind gegeben, wo man geboren wird, als was man geboren wird, als Mann oder Frau, mit reichen oder armen Eltern. Aber darauf ist der Mensch nicht reduziert, nicht festgelegt.

Führen Sie diesen Gedanken aus, Thomas, sagte Madame Martin.

Na ja, sagte Thomas ermutigt, wenn ein Mann mit einer Frau spricht oder ein Afrikaner mit einem Europäer, selbst wenn sie unterschiedliche Sichtweisen haben, selbst wenn sie von unterschiedlichen Sichtweisen ausgehen, dann können sie, wenn sie miteinander reden, wenn sie sich austauschen, im Dialog zu einer gemeinsamen Sichtweise gelangen. Oder aber weitere Unterschiede feststellen, warum nicht. Unterschiede, die vorher nicht da waren. Wie in dem einen Dialog von Platon, das haben Sie uns doch neulich erklärt, er wandte sich an Madame Martin.

Wenn ich mit dir rede, sagte Thomas plötzlich zu Damien, dann will ich nicht Recht behalten, sondern mit dir reden. Bei dir hab ich immer das Gefühl, dass du Recht behalten willst.

Reden, reden, sagte Damien.

Mit jemandem reden, sagte Thomas, der nicht weiterkam.

Damien lachte.

Reden, was soll das bringen?, sagte Damien.

Wenn du mit jemandem redest, hörst du eine Meinung, die du nicht vorausgesehen hast, das bringt es, sagte Claudine, die vor lauter Zufriedenheit aufstand und sich wieder setzte.

Sehr gut, Claudine, lobte Madame Martin.

Mit jemandem zu reden, fuhr Thomas fort, seinen Gedanken verfolgend, heißt nicht nur sagen, was man schon weiß, man formuliert auch Unterschiede, erfindet, entdeckt sie.

Das habe ich nie bestritten, sagte Damien achselzuckend.

Nein, das hast du nicht bestritten, aber du hast es auch nicht gesagt, sagte Thomas.

Pff, sagte Damien.

Du reitest immer auf den Unterschieden herum, die ein für alle Mal gegeben sind, auf der Realität, wie du es nennst. Eine Frau ist so und so, ein Mann ist so und so. Afrikaner, Europäer. Du steckst die Menschen in Schubladen, auch wenn du behauptest, die verschiedenen Schubladen interessieren dich. Aber es ist genauso interessant, was die Menschen aus dem, was sie sind, erschaffen. Das Neue, sagte Thomas. Was mache ich aus dem, was aus mir gemacht wurde, wie irgendwer mal gesagt hat, sagte Thomas.

Pff, sagte Damien noch einmal. Im Philosophieunterricht sagt man nicht pff, sagte Claudine mit zuckersüßer Stimme. Damien hätte sie am liebsten erwürgt.

Nach der Schule ging Damien im Jardin du Luxembourg laufen. Er hätte gerne Basketball gespielt, aber Pierre wollte nicht. Damien spurtete drei Runden durch den Park, verausgabte sich bis zum Äußersten, die Luft zerteilen, zerschneiden, schneller atmen, den Herzschlag spüren, die Bewegungen der Beine, das schweißnasse Haar, der Absprung des Körpers, angefüllt mit reiner, durchsichtiger Geschwindigkeit. Wenn er so rannte, hatte er das Gefühl, diese enge, viel zu enge, ihn einengende Welt zu verlassen, anderswohin zu gelangen.

Auf dem Rückweg zum Boulevard Raspail kickte er eine leere Bierdose vor sich her, konzentriert, mit gesenktem Kopf. Fast wäre er mit einem alten Mann in Regenmantel und Mütze zusammengestoßen, der ihm auf dem Bürgersteig entgegenkam. Der Alte schimpfte los. Damien entschuldigte sich und gab der Dose einen letzten Tritt, sie landete auf der Straße.

Der Alte sagte zu ihm, jetzt kannst du nicht mehr damit herumspielen, umso besser.

Damien hätte am liebsten über die Bosheit geweint.

Um sich zu fassen, dachte er an die Frau vom Vorabend, aber was dachte er? Er dachte nichts, er sagte sich, wir haben sie erwischt, wir haben sie kalt erwischt, der Gedanke war abstrakt, leer, inhaltslos, er sah nicht die Frau, er sah eigentlich gar nichts, nur die Straße vor sich, den Bürgersteig, den Himmel ringsum, und das, was er empfand, war enorm, meisterhaft, das Wort meisterhaft fiel ihm ein, eine Meisterleistung.

Er sagte sich, was er und Pierre sich immer wieder gesagt hatten: Der Zufall, der reine Zufall hat es entschieden, das ist beeindruckend, verdammt beeindruckend.

Eine Meisterleistung.

Und Pierre?

Pierre ging sofort nach Hause, er rannte fast, er hatte nur noch eins im Kopf, sich im Bett verkriechen, schlafen, verschwinden. Er wusste, dass das nicht ging, er musste einem Jungen aus dem Haus Nachhilfe in Mathe geben, das war sein Taschengeld, aber er hatte nur noch eins im Kopf, verschwinden. Er sah sich weitergehen, immer weiter, bis an den Rand der Welt, die Erde wäre eine Scheibe, er würde über den Rand fallen, ins Leere fallen, in ein Loch, kein Pierre mehr, auf Nimmerwiedersehen. Nicht sterben, nein, das Wort sterben dachte er nicht, ganz und gar nicht, es war verboten, das Wort sterben auszusprechen, Damien und Pierre hatten gemeinsam eine Liste von verbotenen Wörtern erstellt, sterben stand ganz oben, sterben, Tod, Leiche, also nicht sterben: verschwinden. Das heißt: still und heimlich verschwinden. Als er zu Hause ankam, hatte Joëlle den Jungen schon hereingelassen, einen kleinen blonden Jungen, der schielte. Der Junge zeigte ihm ein winziges Kätzchen, das er in seiner Jackentasche mitgebracht hatte, Pierre entspannte sich, und alle drei, Pierre, David-Alexandre und das Kätzchen, spielten eine Weile miteinander, bevor sie sich an die Arbeit machten.

Zoé wurde von den Nachrichten geweckt und ärgerte sich, weil sie vor dem Einschlafen vergessen hatte, den Radiowecker auszuschalten, der auf acht Uhr gestellt war. Sacha drehte sich um und steckte den Kopf unters Kissen. Zoé wollte gerade das Radio ausmachen und aufstehen, als sie »Mord in der Rue Delambre« hörte. Sie drehte den Ton etwas leiser und hörte zu. Es war von einem Verbrechen die Rede, das am Abend zuvor passiert war, in der Rue Delambre war eine Frau ermordet worden, laut Polizei gegen achtzehn Uhr. Die Frau hatte allein gelebt und war nur entdeckt worden, weil eine Nachbarin, die in den Urlaub fuhr, ihr ihre Katze anvertrauen wollte. Die Nachbarin hatte geklingelt, sich Sorgen gemacht usw.

Zoé fühlte sich unwohl.

Sie schüttelte Sacha.

Hausnummer, Uhrzeit, alles stimmte überein: der Mord war genau in dem Moment und an dem Ort geschehen, wo sie, Zoé und Sacha, sich begegnet waren.

Sie waren sich begegnet, sie waren sogar zusammengestoßen, Zoé hatte die Nase in einem Notenheft gehabt, Sacha hatte gelacht und dann vorgeschlagen, etwas trinken zu gehen, Zoé fand das alles lustig, er auch, und nun lagen sie zusammen im Bett und hörten die wenigen Einzelheiten, und Zoé, die bereits verliebt war, sagte sich, sagte Sacha; wie furchtbar das war, das ist unglaublich, das ist furchtbar.

Sacha zuckte mit den Achseln, ein Zufall, was macht das schon.

Gut, sagte Zoé, ein Zufall, aber trotzdem …

Sacha schlug ihr vor, später Nachrichten zu hören und in der Zwischenzeit zurück ins Bett zu kommen, was sie auch tat.

Später gab es im Radio ein paar zusätzliche Einzelheiten, aber nicht sehr viele.

Die Frau, eine Bankangestellte. Freunde, Familie, verschiedene Pläne, alles ganz normal.

Vergiss es, sagte Sacha.

Nein, sagte Zoé. Das ist unheimlich, sagte Zoé.

Nachmittags kaufte Zoé alle Zeitungen, das Foto des Opfers überraschte sie, sie fragte sich, warum. Die Frau war schön, und Zoé hatte das Gefühl, sie zu kennen, obwohl sie genau wusste, dass das nicht sein konnte.

Den ganzen Tag über gingen ihr das Bild der Frau und die offenen Fragen der Polizei und der Zeitungen nicht aus dem Kopf, warum, welcher Grund, welches Motiv? Laut Polizeiangaben waren die Mörder zu zweit gewesen. Die Frau: niedergeschlagen, erwürgt. Während sie ihre Sachen erledigte, hatte Zoé die ganze Zeit das Gesicht der Frau vor Augen, ihren sanften, etwas traurigen, abwesenden Blick, aber das, sagte Zoé abends, als sie sich zum Essen trafen, zu Sacha, ist bei Passfotos oft so.

Sacha drängte sie, das alles zu vergessen, er verstand es

nicht, er machte sich über sie lustig, er zog sie auf. Er war von Zoé hingerissen und fand es viel interessanter, mit Zoé über Zoé, über ihn, über ihre Begegnung zu reden.

Ein Zufall, sagte Sacha, ein Zufall ist, dass wir uns begegnet sind, du und ich, das ist ein echter Zufall, zwei Linien, die sich kreuzen, zwei Menschen, die auf der Straße zusammenstößen, so was ist Zufall.

Und den Zufall muss man beim Schopf packen, sagte Sacha, er nahm Zoés Gesicht zwischen seine Hände und küsste sie. Man darf ihn sich nicht entgehen lassen.

Zoé lachte, küsste ihn ebenfalls, verteidigte sich. Ich bin nicht abergläubisch, sagte Zoé. Merkwürdige Zusammenfälle sind mir egal. Aber die Sache geht mir nicht aus dem Kopf. Ich weiß auch nicht, warum.

Sacha erzählte ihr von der Schule, an der er seit drei Jahren Französisch unterrichtete, in der Banlieue im Süden von Paris, und von seinen Videoprojekten. Das Unterrichten und das Filmemachen begeisterten ihn gleichermaßen, und er hatte vor, im Sommer mit ein paar Schülern einen Film zu drehen.

Worüber?, fragte Zoé.

Über das Leben der Schüler, sagte Sacha, warum aus einigen etwas wird und aus anderen nicht, warum sie in die Kriminalität abrutschen ... Dieses Jahr ist an unserer Schule etwas passiert, eine echte griechische Tragödie, zwei Brüder, der eine ein glänzender Schüler, der andere das genaue Gegenteil, er hat angefangen zu dealen ...

Zoé hörte ihm interessiert zu, sehr interessiert.

Zoé, die zwanzig Jahre alt war, wollte Schauspielerin werden, sie bereitete sich auf die Aufnahmeprüfung vor. Fast alles im Leben interessierte Zoé.

Damien und Pierre gingen meistens zu Damien, obwohl Pierre in der Rue Huyghens wohnte, direkt neben der Schule. Bei Damien war es ruhig, während Damien bei Pierre ständig das Gefühl hatte, sich schnell schnell schnell ducken zu müssen, weil Töpfe, Pfannen oder Messer durch die Luft flogen. Ein Bild, natürlich. Trotzdem. Pierre mochte Damiens Zimmer, es war zwar klein, aber mit Balkon und Blick auf den Boulevard Raspail. Gegenüber wurde eine Berufsschule gebaut, eine künftige Hotelfachschule. Damien machte sich oft im Voraus Sorgen und fragte sich beim Abendessen, ob der Geruch von Blumenkohl oder Lauchsuppe, die die Schüler sicherlich kochen lernten, herüberziehen würde. Seine Mutter verzog das Gesicht, und sein Vater sagte, denk lieber an die Jugendlichen, die dort zur Schule gehen werden, hättest du etwa Lust dazu, nein, na siehst du, dann lern lieber, statt dir unnütze Fragen zu stellen.

Es war Samstagnachmittag, eigentlich hatten sie sich getroffen, um sich auf Geschichte vorzubereiten, aber sie taten nichts, sie wussten nichts mit sich anzufangen, keiner von beiden schaffte es, ein Buch aufzuschlagen, sie hörten mit halbem Ohr Musik.

Sie kriegen uns nicht, sagte Pierre abrupt.

Natürlich nicht, sagte Damien, ohne überrascht zu wirken.

Natürlich kriegen sie uns nicht. Wie kommst du denn darauf.

Sie kriegen uns nicht, sagte Pierre, er redete weiter, als hätte er nichts gehört, weil wir keinen Grund hatten. Die oder eine andere. Das war egal. Sie suchen immer nach einem Grund.

Nach einem Motiv, sagte Damien, einem Motiv oder einem Beweggrund.

Wer hat etwas davon, dass …, sagte Pierre, ohne den Satz zu beenden.

Genau, sagte Damien. Er zuckte mit den Achseln.

Ich hab es dir gesagt, wir haben es uns tausendmal gesagt. Wir hatten keinerlei Grund. Sie oder eine andere. Wir kannten sie nicht mal. Wir hatten nichts gegen sie. Sie können uns nicht finden. Wir sind wie die Nadel im Heuhaufen.

Das mit dem Taschentuch zum Abwischen war gut, sagte Pierre.

Dann zog er die Nase kraus und schüttelte den Kopf, als ekelte er sich.

Ja, sagte Damien und seufzte.

Warum seufzt du?, fragte Pierre.

Weiß nicht, sagte Damien und seufzte noch einmal.

Ich fühle mich wie ausgehöhlt, sagte Damien. Ich fand's vorher besser, als wir daran dachten, als wir darüber redeten, als wir es uns ausdachten.

Ja, sagte Pierre, ich auch. Mir geht's genauso, sagte Pierre.

Wann hatten wir die Idee, sagte Damien, im November?

Pierre nickte.

All die Monate, in denen wir uns darauf vorbereitet haben, sagte Damien, das fehlt mir.

Mir auch, sagte Pierre. Jetzt ist es April. Eine lange Zeit. All die Pläne, die wir gemacht haben. All die Male, an denen wir nicht vor vier Uhr morgens ins Bett gekommen sind, weißt du noch? Und deine Mutter, die sich beim Frühstück Sorgen gemacht hat, sie fand, wir sähen krank aus, sagte Pierre lachend. Und all die Zeit, die wir auf der Straße Frauen beobachtet haben, um herauszufinden, wo sie wohnen und wohin sie gehen.

Es war so leicht, sagte Damien. Kaum zu glauben.

So leicht, sagte Pierre.

Ich fühle mich wie ausgehöhlt, sagte Damien noch einmal. Er streckte sich und stand auf.

Willst du rausgehen?, fragte Pierre.

Weiß nicht, sagte Damien, er war auf dem Balkon.

Pierre ging zu ihm.

Haben wir den nicht schon mal gesehen?, sagte Damien zu Pierre und zeigte auf einen Jungen in Lederjacke und Jeans mit einem roten Halstuch, der vor der Baustelle der künftigen Berufsschule auf der anderen Straßenseite herumstand.

Pierre sah hinunter und machte ein skeptisches Gesicht.

Komm, sagte Pierre, gehen wir.

Sie liefen den Boulevard entlang bis zur Place Denfert-Rochereau. Pierre ging schnell, Damien folgte langsamer. Sie umrundeten den Platz und setzten sich in der

Grünanlage auf eine Bank. Nach einer Weile sagte Damien, ich hasse diesen Platz.

Ich auch, sagte Pierre, hier sind doch nur Kleinkinder, wie bescheuert.

Sie kehrten zurück zu Damien, und als sie sich gerade zwangen, den Ersten Weltkrieg zu pauken, rief Pierres Mutter an und bat ihn, auf dem Nachhauseweg einkaufen zu gehen. Eine lange Liste. Das kam oft vor, sogar samstags. Pierre brüllte los, er konnte nicht anders. Danach sagte er zu Damien, du hast Glück, du weißt gar nicht, was für ein Glück du hast.

Pff, sagte Damien.

Pierre kaufte ein, es war voll und dauerte lange, dann ging er nach Hause in die Rue Huyghens. Seine Mutter wartete schon ungeduldig, sie riss ihm die Einkäufe regelrecht aus der Hand, entschuldigte sich halbherzig, diskutierte über seine Schulter hinweg weiter lautstark mit ihrer Mutter, die bei ihr in der Küche saß und Gemüse putzte, und warf sogleich einige der mitgebrachten Zutaten in den Topf auf dem Herd. Dann stellte Anna das Radio lauter, es war Zeit für die Nachrichten, und führte zugleich ihre komplizierte Argumentation fort, es ging um den Kauf neuer Teekannen für den Laden. Ihre Mutter war nicht einverstanden, zumindest nicht überzeugt, und wenn man die beiden nicht kannte, hätte man meinen können, sie stritten sich ernsthaft. Radio, Nachrichten, Musik, eine enge, voll gestopfte, überfrachtete Wohnung, Bücherstapel, herumliegende Sachen, zusammengewürfelte Möbel, es roch nach Kohlsuppe und Kalbsbraten, viel Lärm, viele Worte, nur um den sehr alten, beharrlich schweigenden Großvater herum nicht, der im Wohnzimmer saß und fernsah, ohne hinzusehen, während sein Schwiegersohn ihm die Ereignisse und Affären der Welt erklärte und ihm aus der Zeitung vorlas.

Raymond liebte es, Élie etwas zu erklären, und er liebte Élie sehr, wie alle anderen übrigens auch, den alten, sehr alten Élie, der immer noch hellwach war, aber beharrlich schwieg, weil er ein für alle Mal beschlossen hatte, dass es nichts zu sagen gab, was gibt es da zu sagen, was kann man da sagen, nicht wie seine Frau, dabei war sie es, die deportiert worden war, nicht er, aber sie redete, träumte, immerzu, unaufhörlich, er nicht, nein, nie mehr, oder war er vielleicht immer schon so gewesen, seit er als junger Mann hergekommen war, mit nicht mal zwanzig, ohne seine Familie, die in Galizien geblieben war, und danach nie mehr, nie mehr eine Nachricht. Aber seine Frau, die ja, sie redete, redete und träumte, sie hatten sich kurz nach Kriegsbeginn kennen gelernt, »auf der Straße«, Sarah erzählte gern davon, Liebe auf den ersten Blick, er war zum Arbeiten nach Frankreich gekommen, in dieses unbekannte, legendäre Land, sie war noch ganz jung, in Paris geboren, ihre Familie lebte seit zwanzig Jahren hier. Kurz vor Kriegsende war sie mit ihren Eltern verhaftet und deportiert worden, er hatte sie tot geglaubt, sie war zurückgekommen, allein.

Pierre ging rüber zu Joëlle, die in ihrem Zimmer war und lernte, und half ihr bei den Matheaufgaben, Joëlle erzählte ihm von ihrem Nachmittag, nichts Besonderes, sie hatte ihren Freund Monsieur Dupuis besucht, den Hausmeister, weil er ihr ein Kätzchen versprochen hatte, so eins wie das von David-Alexandre. Aber ihre Mutter hatte getobt getobt getobt, die Großmutter nicht, die Großmutter hatte die Geschichte von dem Bauern erzählt, Joëlle und Pierre kannten sie auswendig, von dem Bauern, der zum Rabbi kommt, weil sein Haus zu klein ist und seine Frau ständig jammert, und der Rabbi sagt, hol deine Ziege ins Haus, wie bitte, sagt der Bauer, tu, was ich dir sage, sagt der Rabbi, also holt der Bauer die Ziege ins Haus, kurz darauf kommt er wieder zum Rabbi, es ist schlimmer denn je, dann hol den Esel ins Haus, wie bitte, sagt der Bauer, tu, was ich dir sage, sagt der Rabbi, danach ist der Hund dran und dann die Hühner, der Bauer weiß nicht mehr ein noch aus, gut, sagt der Rabbi, sperr die Hühner aus, und der Bauer sperrt sie aus, kurze Zeit später kommt er zurück, meine Frau jammert immer noch, sperr den Hund aus, sagt der Rabbi, danach ist der Esel dran und dann die Ziege, ah, sagt der Bauer, so ist es viel besser, siehst du, sagt der Rabbi, ich hab dir doch gesagt, wir kriegen das hin.

Pierre legte sich für zehn Minuten aufs Bett, er war verzweifelt. Was Pierre in diesem Moment durch den Kopf ging: eine Horde zusammengepferchter Tiere, Geschrei, Gebrüll, Plastiktüten, Pakete, die Supermarktmusik aus dem Monoprix, Treppen, ein Stück Paketschnur, geometrische Axiome, mathematische Definitionen, Daten, die Hintergründe und Einzelheiten des Ersten Weltkriegs, Joëlles schwarze Zöpfe, ihre strahlender Augen, der übliche Satz, »die beiden haben die gleichen Augen, aber sie hat eine höhere Stirn«, ein Paar orangeblaue Turnschuhe, der Blick der Frau aus der Rue Delambre.

Als Pierre, der gedankenlos seinen Gedanken nachhing, zu diesem Bild kam, hielt er inne. Dieser Blick. Überrascht, als sie sich hinter ihr in die Wohnung gedrängt hatten. Dann verängstigt.

Als er ihren Blick gesehen hatte, hatte Pierre eine Art Loch im Herzen gespürt, ein Loch, in das er hineinfiel. Das Gleichgewicht verlieren, abgleiten. Haltlos fallen. Keine Luft mehr. Atemnot. Jetzt, als der Gedanke wiederkehrte, war es genauso. Er bekam keine Luft mehr. Er setzte sich auf und schüttelte den Kopf. Scheiße, sagte Pierre laut. Scheiße, Scheiße, Scheiße.

Beim Abendessen sagte Pierre kein Wort und weigerte sich, auf die Fragen seiner Großmutter zu antworten, die wie immer mindestens zehn Themen zur Diskussion stellte. Unter anderem: die Last der Geschichte, die Ursachen und Folgen des Ersten Weltkriegs, sie wusste, dass Pierre das im Unterricht durchnahm, das Wesen des Menschen, seine immer wiederkehrende Bösartigkeit, die Möglichkeit, etwas zu verändern, die jetzige Regierung, ihre Politik, Kindererziehung, wie schwierig sie heutzutage war, mehrere Beispiele zur Untermauerung, die Veränderung der Sitten, der letzte Film, den sie gesehen hatte, sie ging ins Kino, sooft sie konnte. Und der Laden: Sollte man den Lieferanten des chinesischen Tees behalten oder wechseln, so ein Halsabschneider, sollte man die Idee mit der Teestube wirklich aufgeben, so eine gute Idee, und die Marmelade, das Problem mit der Marmelade, und wie immer fügte sie hinzu: Ich habe die Nase voll von der Marmelade. Alle aßen hastig, alle außer Pierre und dem Großvater beteiligten sich an dem Gespräch, der Großvater tat das nie, Pierre sonst schon, er liebte seine Großmutter und schlug sich immer auf ihre Seite, wenn das Gespräch wieder einmal aus dem Ruder lief und sie und ihre Tochter aneinander gerieten. Und der Vater? Raymond erzählte Witze, Geschichten, seine Schwiegermutter und er verfügten über ein unerschöpfliches Repertoire, wie immer sagte die Großmutter, komm, erzähl uns was, du bist der beste Geschichtenerzähler der Welt, und das stimmte, er hatte einen Charme, eine besondere Art, und niemand war ihm böse, wenn er nach dem Essen aufstand, die Jacke anzog, den Hut aufsetzte, allen einen schönen Abend wünschte und mit seinen Freunden Karten spielen ging.

Pierres Nacht. Wie in den vorherigen Nächten verbarrikadierte er sich in seinem Bett, Teddybären, kleine und große Kissen, Decken. Am Abend zuvor hatte er sich ein Zelt gebaut, aber es war ihm zu heiß gewesen. Auf dem Boden ordentliche Bücherstapel, alphabetisch nach Autoren sortiert. Was für Bücher? Alle möglichen Bücher, zu seinem fünfzehnten Geburtstag hatte sein Vater an die hundert Bücher auf seinem Bett angehäuft, preiswerte Bücher, Taschenbücher, verschiedene Genres: Abenteuer, Science-Fiction, Naturwissenschaften, Frage-und-Antwort-Bücher, Kreuzworträtsel, Physik und Astronomie, Geschichte und Kunstgeschichte, Wörterbücher, viel Literatur, Romane, Lyrik, französische und internationale Autoren. Also hatte Pierre viel zu lesen, auch jetzt noch, fast zwei Jahre später, ganz zu schweigen von der Lektüre für den Philosophieunterricht, Madame Martin gab ihnen viel zu lesen auf, und zwar keine Auszüge. Pierre las zwei Stunden lang, Biologie, dann schlief er ein, ohne das Licht zu löschen.

Im Schlaf kämpfte er erneut gegen einen Traum an, den er bereits in der Nacht zuvor gehabt hatte: Er hat eine fremde Haut auf dem Körper, er will sie abstreifen, unbedingt, aber sie geht nicht ab, schließlich reißt er sie sich herunter, doch sie wächst sofort wieder nach. Der Traum war grauenhaft. Beim Aufwachen erinnerte Pierre sich an eine Fernsehsendung, die er zusammen mit seiner Großmutter gesehen hatte, irgendwas wie »das außergewöhnliche Leben gewöhnlicher Menschen«, die Leute erzählten aus ihrem Leben, ein Mann war als Kind mit Boas aufgewachsen, sein Vater war Wissenschaftler und studierte Boas, Boas im Badezimmer, Boas in der Küche, Boas auf der Wohnzimmercouch, die Boas füttern, die Verdauung der Boas überwachen, die Zimmertemperatur für die Boas konstant halten, aber das Schlimmste, hatte der Mann gesagt, das Schlimmste war die Zeit, wenn die Schlangen sich häuteten, die alte Haut abstreiften, sie liegen ließen. Wie in der Nacht zuvor wachte Pierre schweißgebadet auf, angewidert, von Ekel überwältigt.

Der Sonntag zog sich endlos dahin. Pierre bereitete sich auf die kommende Woche vor, erledigte Hausaufgaben, lernte für Geschichte, notierte sich Stichpunkte für einen Philosophieaufsatz, langweilte sich, redete mit Joëlle, schmierte Brote für sich und Joëlle, sonntags aß bei ihnen niemand richtig zu Mittag, höchstens belegte Brote, er rief bei Damien an, der nicht ans Telefon ging, und abends beschloss er rauszugehen.

Er bog in den Boulevard Raspail und schlug unwillkürlich den Weg zu Damiens Wohnung ein. An der nächsten Kreuzung ging er rechts in den Boulevard

Edgar-Quinet und kam am Friedhof von Montparnasse vorbei. Vor dem Tor zögerte er einen Moment, dann betrat er den Friedhof.

Das Wetter war strahlend schön, die Bäume voller Blüten, die Wege still, die Luft klar. Pierre wunderte sich nicht, so sehr passte es, als er eine ruhige, sanfte Melodie hörte, ein Wiegenlied, das zu schweben schien, angenehm, zu angenehm, das mit dem Himmel und den Blättern verschmolz. Ein Lied, eine Frauenstimme. Pierre lauschte hingerissen, es war wie im Märchen. Erst nach einer Weile ging ihm auf, dass das Lied von einer bestimmten Stelle kam, eine junge Frau stand vor einem Grab und sang. Er ging auf sie zu und dachte die ganze Zeit, warum tust du das, tu es nicht, hau ab. Ein paar Meter vor ihr blieb er stehen, die junge Frau war sehr schön, mit vollem braunem Haar, das sie offen trug, einem kurzärmligen Hemd und engen Jeans. Jetzt sang sie nicht mehr, sie redete laut, ohne auf Pierre oder die anderen Friedhofsbesucher zu achten, die sie anstarrten. Pierre konnte nicht anders, er ging noch näher. Die junge Frau sprach sehr langsam und betonte jedes Wort einzeln. Hör zu, Mutter. Ich weiß, dass du Bäume haben willst. Ich weiß es. Du musst mich nicht ständig damit nerven. Du musst es mir nicht immer wieder sagen. Du hast ja keine Ahnung. Ich muss arbeiten. Warum kommst du und quälst mich. Vor allem nachts. Lass mich in Ruhe. Ich weiß, dass du Bäume haben willst. Ich habe mich erkundigt. Sie werden dich verlegen. Das ist teuer. Sehr teuer. Es ist der teuerste Platz. Aber ich weiß, dass du dort hinwillst. Ich hoffe, dass du mich dann in Ruhe lässt. Ich bin müde. Du musst mich verstehen. Ich bin sogar ganz sicher, dass du mich verstehst. Manchmal denke ich, du machst das mit Absicht. Aber warum? Es ist nicht meine Schuld. Die Krankheit. Aber vielleicht glaubst du das ja. Es wäre mir viel lieber, wenn du noch da wärst. Also komm doch zurück. Hör auf, mich zu nerven. Du brauchst bloß zurückzukommen. Ich hab's dir gesagt. Ich behalte dein Zimmer. Ich vermiete es nicht. Ich werde es nicht vermieten. Komm zurück. Und hör auf, mich zu nerven. Mich zu quälen. So geht das nicht. Du weißt genau, dass ich arbeiten muss. Ich bin so müde. Mutter.

Pierre ergriff die Flucht.

Und Damien?

Damien war am Sonntagmorgen mit sehr schlechter Laune aufgewacht, mit dem Gefühl völliger Sinnlosigkeit. Am Abend zuvor, nachdem Pierre gegangen war, hatte er es nicht geschafft, allein weiterzuarbeiten, er wusste nichts mit sich anzufangen und hatte schließlich seine Mutter gefragt, ob sie mit ihm ins Kino ging. Sie hatten sich einen italienischen Film angesehen, der in einem alten, etwas schäbigen Kino in der Nähe der Place Denfert-Rochereau lief, Damien liebte dieses Kino. Der Film? Er hatte einen komischen Titel, zu Beginn des Schuljahres hatte Madame Martin von dem Film erzählt und Damien hatte sich den Titel gemerkt, *Stromboli*. Er erinnerte sich nicht mehr daran, was sie gesagt hatte, aber im Laufe des Films fiel es ihm wieder ein. Es war ihre erste Philosophiestunde gewesen: Was ist denken? Die Lehrerin hatte davon gesprochen, dass man aus einer Katastrophe verändert hervorgeht.

Es war ein Schwarzweißfilm, die Geschichte spielte gegen Ende des Zweiten Weltkriegs. Karin, eine junge Tschechin von strahlender Schönheit, sitzt in einem

Flüchtlingslager fest, sie ist illegal nach Italien eingereist, sie hat keine Papiere; um dem Elend zu entkommen, heiratet sie einen jungen italienischen Soldaten, Antonio, der ihr den Hof macht, er bringt sie auf seine Insel, die Vulkaninsel Stromboli, sie versteht sich nicht mit den Einwohnern, sie spricht nicht einmal ihre Sprache, das Leben dort stößt sie ab, die Armut, die Einsamkeit, die Härte, sie fühlt sich im Exil, gefangen, verloren, sie glaubt verrückt zu werden, der Thunfischfang ekelt sie an, sie verweigert sich allem; als sie ihrem Mann sagt, dass sie schwanger ist und fortwill, sperrt er sie im Haus ein, er nagelt Bretter vor die Fenster, mit Hilfe des Leuchtturmwärters gelingt ihr die Flucht, sie will auf die andere Seite der Insel, der Vulkan beginnt zu rumoren, Ausbruch, eine Flutwelle erhebt sich, die Erde bebt, Steine fliegen durch die Luft, Gesteinsbrocken krachen zu Boden, um sie herum ist Nacht, Getöse, Weltuntergang, sie glaubt zu sterben und plötzlich verändert sie sich, plötzlich ist sie verändert.

Während des Films sah Damien mehrmals zu seiner Mutter hinüber, sie weinte. Damien weinte nicht, aber seine Kehle war wie zugeschnürt, er war ergriffen, aufgewühlt. Den ganzen Film über verfolgte ihn ein Wort, das Wort existieren. Er dachte: existieren, existieren, existieren. Er meinte, das Leben zu sehen, das nackte Leben, das Leben in seiner Nacktheit, das Leben selbst, den Kern des Lebens. Er sah das Meer, den Vulkan, die Fischer, die Frauen, ihre schweren schwarzen Kleider, die kleinen weißen Häuser, das Dorf, die Hitze, die zerbrechlichen Boote, die riesigen Fische, er spürte die Fremdheit und die Gewalt, und trotzdem wollte er dort sein, auf der Insel sein, unter dem bedrohlichen Himmel umherwandern, aufs Meer blicken, mit den Fischern hinausfahren, den Fisch einholen, den Vulkan ausbrechen hören, rennen, klettern, Angst haben, entkommen. Die ganze Zeit war er bei der jungen Frau, ihre Schönheit verschlug ihm den Atem, wie konnte eine Frau nur so schön sein, auf welche Art schön, Damien dachte nach, er dachte nicht nach, er ließ sich mitreißen. Existieren, wiederholte Damien in Gedanken, das Wichtigste ist zu existieren. Gegen Ende des Films wurde ihm klar, dass er die ganze Zeit gestaunt hatte. Worüber gestaunt? Vielleicht über die Schönheit, vielleicht über all das, und er dachte, ohne zu wissen, was er damit eigentlich meinte, da darf man nichts mehr hinzufügen, was kann man da noch hinzufügen, da darf man nichts mehr hinzufügen.

Nach der Vorstellung trocknete Rosine sich die Augen und sagte, was für ein schöner Film. Man fühlt sich wie sie, gefangen, im Exil. Sie seufzte und murmelte so was wie, »das Leben ist ein einziges Missverständnis«. Damien nickte, er hätte gern mit seiner Mutter geredet, hätte gern gewusst, welche Bilder sie gesehen hatte, ob sie dasselbe gefühlt hatte wie er. Aber dafür war keine Zeit: Ein Junge aus Damiens Klasse begrüßte ihn, er war in Begleitung eines sehr hübschen Mädchens, und Rosine lud sie sogleich ins Café ein. Im Café war jede Unterhaltung unmöglich. Damiens Mutter redete ununterbrochen und spielte die Verführerin. Damien war so wütend, dass er sich zu Hause weigerte, zu Abend zu essen.

Er schloss sich in seinem Zimmer ein, warf sich aufs

Bett und versuchte eine Weile, an nichts zu denken. Irgendwann schlief er ein.

Obwohl er schlecht geschlafen hatte, zwang er sich am nächsten Morgen zu arbeiten, und pünktlich um ein Uhr rief sein Großvater an, um mit ihm zusammen den Nachtisch auszusuchen. Ein Ritual. In der Konditorei kam René inmitten der Goldschnörkel und Spiegel und Sahnetorten wie immer auf die Vorliebe seines Sohnes Marcel für Obstkuchen zu sprechen, nur um dann zu sagen, tja, Pech für deinen Vater, aber deine Mutter liebt nun mal Schokoladenkuchen, wir nehmen den hier. Damien zuckte mit den Achseln und lächelte.

René kam jeden Sonntag zum Mittagessen, eine halbe Stunde zu Fuß, bei jedem Wetter, und nach dem Essen, bevor er wieder nach Hause ging, bat er meistens seine Schwiegertochter oder seinen Enkel, nie seinen Sohn, ihn zum Grab seiner Frau zu begleiten, sie war auf dem nahe gelegenen Friedhof begraben. Im Grunde kam er sehr gut allein zurecht, und, wie er mit diesem Lächeln sagte, das Damien gerne nachahmte, einem typischen, etwas abwesenden, unbeteiligten Lächeln bei halb geschlossenen Lidern, »worüber sollte sich ein pensionierter Beamter beklagen, vor allem, wenn er eine junge, hübsche Schwiegertochter hat, die so gut kocht, und einen Enkel, der schlau wie ein Fuchs ist«.

Rosine, die sich bei ihrer Arbeit als Sekretärin langweilte, gab sich tatsächlich dem Kochen hin wie einer Droge, sie sagte, das erinnere sie an ihre bäuerlichen, bretonischen Wurzeln. Trotzdem wollte nie sie zu ihren Eltern fahren, immer nur Marcel, den seine Arbeit als Ingenieur begeisterte und der in seiner Freizeit am liebsten zu Hause blieb und Geschichtsbücher las oder »ins Grüne« fuhr, wie er es nannte. Rosine sagte, Ploubazlanec, wie das schon klingt, sie sei nach Paris gezogen, um dem zu entkommen. Sie war von zu Hause weggegangen, um Tänzerin zu werden, aber, sie schüttelte seufzend den Kopf, sie mochte ja Talent haben, aber gewiss nicht genug Disziplin. Sie war nach wie vor auf dem Laufenden, wusste immer, welche Veranstaltungen es gerade gab, ging hin, sooft sie konnte, alles, was neu in der Stadt war, interessierte sie, die Ereignisse, die Moden. Marcel begleitete sie nur selten, jetzt nahm sie, wann immer es ging, Damien mit.

Der Großvater erkundigte sich, wie Damien mit dem Lernen vorankam, und fragte ihn über den Ersten Weltkrieg ab, dann kamen wie immer seine eigenen Kommentare, diesmal waren es die ökonomischen Folgen, die dreißiger Jahre und die Weltwirtschaftskrise, damals war er in Damiens Alter gewesen, aber er machte immer zuerst allgemeine Bemerkungen. Damien hörte aufmerksam zu, er hörte seinem Großvater immer aufmerksam zu, und René redete oft mit ihm.

Versuch es dir vorzustellen, sagte er zu Damien, das Leben damals, meine Eltern hatten einen Lebensmittelladen, wie du weißt, ich liebte sie, aber in meinen Augen waren sie dumm, sie lasen kaum Zeitung, wussten nicht, was in der Welt passierte, sie wollten, dass ich Beamter werde, weil das ein sicherer Beruf ist, ich wollte vor allem meinen Horizont erweitern, der Krämergeist, die Enge, die Borniertheit der Händler waren mir zuwider. Ich wollte mehr, ich wollte die Welt verstehen, deshalb habe ich die Laufbahnprüfungen abgelegt.

Und er erzählte von der Krise in Frankreich, von der Deflation, von der Unfähigkeit der Politiker.

Marcel sagte während des Mittagessens kein Wort, er sagte nie etwas. René hingegen erzählte oft von Marcels Kindheit. Er erinnerte sich immer ganz genau an das Scheitern und Versagen seines Sohns, nie an die Erfolge. In der Familie war das ein beliebter Scherz.

Nach dem Essen ging René mit Rosine auf den Friedhof, Damien ging in sein Zimmer.

Er sah aus dem Fenster, die grünen Bäume des Boulevard Raspail, der blaue Himmel, ein paar kleine Wolken, rund und weiß. Er zuckte mit den Achseln. Wenn er sich über die Brüstung seines Balkons lehnte, konnte er das Art-déco-Haus gegenüber in der Rue Campagne-Première sehen, mit seinen großen Fenstertüren aus Glas und den dicken roten Vorhängen, steif und schwer wie Leintücher. Damien fragte sich oft, wer dort wohl wohnte, es war bestimmt ein Künstleratelier, er mochte sein kleines Zimmer, das ihn umfing, er konnte sich kein anderes Zimmer vorstellen. Er setzte sich an den Tisch und versuchte zu schreiben, aber es fiel ihm nichts zu Spinoza ein, was für eine idiotische Aufgabe, »verschiedene Menschen können von ein und demselben Objekt verschiedenartig affiziert werden, und ein und derselbe Mensch kann von ein und demselben Objekt zu verschiedenen Zeiten verschiedenartig affiziert werden«. Nein, ihm fiel nichts ein. Im Grunde verstand er noch nicht einmal das Wort Objekt, was bedeutete das Wort, was bezeichnete es, war zum Beispiel eine Frau ein Objekt, er dachte an die Diskussion im Philosophieunterricht zurück, konnte eine Frau ..., konnte eine Frau ...

Plötzlich dachte er nichts mehr, ihm wurde weiß vor Augen. Er hatte keine Lust zu schreiben, auch nicht zu reden, die Wörter erschienen ihm weit weg und hohl, ohne irgendeinen Bezug zu ihm selbst, als wäre er, Damien, von der Sprache abgeschnitten, als hätte jemand den Ton abgedreht. Vor dem weißen Blatt Papier überkam ihn das Gefühl, von der Sprache abgeschnitten zu sein, mit solcher Heftigkeit und hinterließ einen solchen Geschmack von Angst hinten in seinem Mund, dass er aufsprang und eine CD einlegte.

Jetzt hörte er auch Wörter, aber das war etwas anderes, es waren gesungene Wörter, auf Englisch, eine Stimme, am Abend zuvor hatte er sie im Radio gehört, seine Mutter besaß die CD, und seitdem hörte sich Damien den Song immer wieder an. *I'm walking*, ich laufe, *My feet are so tired*, meine Füße sind so müde, *My brain is so wild*, mein Kopf ist so wirr, *I'm sick of love*, ich bin krank vor Liebe, *This kind of love*, dieser Art von Liebe, *I'm lovesick*, ich bin liebeskrank, *I wish I never met you*, wär ich dir doch nie begegnet, *I'm trying to forget you*, ich versuch, dich zu vergessen, *Just don't know what to do*, ich weiß nicht, was ich tun soll, *I'd give anything to be with you*, ich würde alles dafür geben, bei dir zu sein. Damien hatte kein bestimmtes Bild vor Augen, als er die Musik hörte, er war mittendrin, in dem Song, schwere Akkorde, Klavierläufe, die Stimmung, er war es, der lief, er verschmolz mit den Wörtern, verschmolz mit der Stimmung, mit dem vollen, rhythmischen Hintergrund, von dem sich rau und greifbar die Stimme abhob, aufschwang. Die Stimme. Er war die Stimme. Kein Objekt der Liebe, kein Gesicht, kein Name, und doch kannte er die Liebe in dem Song, er hatte das Gefühl, sie auswendig zu kennen, von innen, seit jeher. So mächtig wie in dem Song, mächtiger noch, weil sie kein Objekt hatte. Er, Damien, erfüllt, erschüttert von den Gefühlen des Songs, lieben, liebeskrank sein, vor Liebe krank sein, die Liebe loswerden wollen, sich nicht von der Liebe trennen können. Wen lieben, was lieben? Lieben, ohne Objekt.

Es war heiß, Damien raffte sich mühsam auf und beschloss rauszugehen. Er überquerte den Boulevard Raspail, bog in die Rue Boissonade ein und blieb wie immer vor dem Antiquitätengeschäft auf dem Boulevard Montparnasse stehen, um sich die Modellautos anzusehen. Er überquerte zwei weitere Straßen und betrat den Park des Observatoriums. Der Park machte keinen Eindruck auf ihn, im Gegenteil, mit grimmiger Genugtuung stellte er fest, dass ihn der Song weiterhin verfolgte. Der Park: zu vornehm, zu künstlich, zu altehrwürdig. Er wollte etwas anderes, aber was.

Er durchquerte den Jardin du Luxembourg, lief den Boulevard Saint-Michel hinunter und die Quais am Ufer der Seine entlang.

Er lief immer weiter, bis hinter Bercy, bis zur Bibliothèque Nationale, und blieb stehen, um sich die Baustelle anzusehen. Die Gebäude wuchsen in den Himmel, die Brachfläche wurde kleiner, aber die Baustelle war immer noch da. Die Eisenbahnwaggons und die Schienen. Der Lattenzaun, die grellen Farben, Blau, Rot, Gelb, Orange. Die Abdeckplanen, das Wellblech. *My brain is so wild*, mein Kopf ist so wirr.

Er beugte sich über das Geländer und meinte plötzlich, das Gefühl vom Nachmittag erneut zu spüren, die fehlenden Wörter, der abgedrehte Ton, aber jetzt fand er es draußen wieder, er konnte es sehen, das Gefühl, es war in den Dingen, in der zerfurchten Erde und den Pfützen, in den herumliegenden Rohren und Eisenteilen, in den dürren Bäumen und den Rohbauten. Nicht ihm fehlten die Wörter, sondern den Dingen. Die Dinge hatten keinen Namen.

Ohne zu wissen, warum, fühlte er sich plötzlich ruhiger.

Er stieg in einen Bus und fuhr nach Hause.

Am Sonntag Abend war Zoé bei Sacha in seiner Wohnung in der Rue Jules-Chaplain, der Hausbesitzer war ein Bekannter seines Vaters, und er vermietete teuer-aber-nicht-zu-sehr die beiden Dienstbotenkammern, die miteinander verbunden und renoviert worden waren. Sacha sagte, wenn er in Bagneux wohnen würde, wo seine Schule war, könnte er sich nicht entspannen, da nehme er lieber die anstrengende Fahrt in den öffentlichen Verkehrsmitteln in Kauf. Sie wollten zusammen zu Abend essen, und Sacha erzählte Zoé von seinen Schülern, von der neunten Klasse, von den zwei Brüdern, der jüngere kam überhaupt nicht mehr zur Schule, was tun, die Eltern waren überfordert, der ältere vergrub sich in seinen Büchern, weigerte sich zu sprechen. Die Situation schien ausweglos.

Natürlich kann man nicht sagen, dass der ältere es schaffen wird, sagte Sacha, er dachte laut nach. Er ist zwar ein guter Schüler, aber wie lange noch, es kann auch eine Flucht sein … Der Junge fühlt sich überhaupt nicht wohl in seiner Haut, er hat keine Freude am Lernen, mir kommt es eher so vor, als habe er ständig Angst.

Er stand auf, stellte das Radio an und sagte, komm, ich habe Hunger.

Zoé und er begannen, das Abendessen zuzubereiten, und hörten mit halbem Ohr die Jazzmusik aus dem Radio, Sachas Lieblingssender. Nach einer Weile summte Zoé mit, es war *Let's do it. Birds do it*, Vögel tun es, *Bees do it*, Bienen tun es, *Even educated fleas do it*, selbst dressierte Flöhe tun es, *Let's do it, let's fall in love*, lass es uns tun, verlieben wir uns … Plötzlich hielt sie inne und sagte, es ist Alice Snow. Sacha sah sie an. Es ist Alice Snow, wiederholte Zoé.

Ich weiß, sagte Sacha und wies auf das Radio, ich weiß. Sie ist toll. Demnächst gibt sie ein Konzert. Möchtest du hin?

Nein, sagte Zoé, das heißt, doch, aber ich habe die Frau aus der Rue Delambre gemeint. Sie sah Alice Snow ähnlich. Das Foto in der Zeitung. Sie sah ihr zum Verwechseln ähnlich. Ich habe dir doch gesagt, dass sie mich an jemanden erinnert.

Sacha schüttelte den Kopf und zog sie in seine Arme.

Die Frau aus der Rue Delambre ist mir egal. Nicht sie interessiert mich. Komm, wir tanzen, sagte Sacha und fing an, sich mit Zoé im Kreis zu drehen.

The chimpanzees in the zoos do it, die Schimpansen im Zoo tun es, *Some courageous kangeroos do it*, ein paar mutige Kängurus tun es, *I'm sure giraffes on the sly do it*, bestimmt tun es auch die Giraffen klammheimlich, *Heavy hippopotami do it*, die schweren Nilpferde tun es, *Let's do it, let's fall in love*, lass es uns tun, verlieben wir uns …

Am nächsten Morgen verließ Zoé pfeifend Sachas Wohnung, sie hatte sehr gute Laune, sie musste sich zurückhalten, um nicht lauthals loszusingen. Sacha war schon gegangen und Zoé hatte beschlossen, in einem Café zu frühstücken, bevor sie zum Unterricht musste. Sie ging die Rue Bréa hoch, überquerte den Boulevard Montparnasse, lief den Boulevard Raspail entlang und steuerte das Café an der Ecke des Boulevard Edgar-Quinet an. Auf dem Boulevard Raspail, gegenüber von dem Café, war eine Baustelle, eine künftige Hotelfachschule, und Zoé blieb stehen, um sie sich anzusehen. Die Bauarbeiten waren anscheinend schon länger unterbrochen, ein Schild versprach modernste Ausstattung für eine große Zahl Schüler, aber momentan arbeitete hier niemand, es gab noch nicht mal einen Kran.

Sie kriegen das Ding nie fertig, es wird nie fertig werden, hörte Zoé jemanden hinter sich sagen, der finstere, verzweifelte Tonfall überraschte sie.

Sie drehte sich um, vor ihr stand ein Junge in Lederjacke und Jeans mit einem roten Halstuch, er schien Selbstgespräche zu führen.

Zoé lächelte ihm zu und fragte, wartest du darauf, dass sie die Schule aufmachen?

Der Junge gab keine Antwort, er wurde rot.

Neugierig hakte Zoé nach, willst du hier zur Schule gehen?

Der Junge zuckte mit den Achseln und starrte zu Boden.

Zoé dachte an die Schüler in Sachas Schule, an das, was Sacha über den älteren der beiden Brüder gesagt hatte, dass er unglücklich sei und sich nicht wohl fühle in seiner Haut. Der Junge war zu schüchtern. Das Wort »linkisch« schoss Zoé durch den Kopf, »nicht gradlinig«.

Plötzlich blickte der Junge auf und sagte:

Ich habe eine Riesendummheit gemacht.

Zoé zuckte zusammen. Dann fragte sie:

Was ist das, eine Riesendummheit?

Schweigend sah der Junge sie an. Nach einer Weile wiederholte er:

Ich habe eine Riesendummheit gemacht.

Zoé wartete, aber es kam nichts mehr. Sie war wie erstarrt, als klebte sie neben ihm am Bürgersteig fest. Sie dachte, das gibt's doch nicht, er wird den ganzen Tag hier herumstehen.

Sie sagte, auf Wiedersehen, viel Glück, und ging mit einem Gefühl der Erleichterung davon, so als wäre sie ihm entkommen. Sie hatte keine Lust mehr zu frühstücken. Die Frage, eine Riesendummheit, was ist das, ließ sie nicht los. Sie ging bis zur Place Denfert-Rochereau und kaufte mehrere Zeitungen, bevor sie in die Metro stieg. Sie suchte nach Meldungen über die Rue Delambre, es gab keine. Ich gehe heute Abend hin, nahm Zoé sich vor, und rede mit ein paar Leuten. Ich werde schon etwas finden, dachte Zoé.

Montagmorgen wartete Pierre vor der Schule auf Damien. Es gibt ein Problem, sagte Pierre sogleich zu Damien, es gibt ein Problem.

Was für ein Problem?, fragte Damien.

Die Toten, sagte Pierre, sie kommen zurück.

Damien fing an zu lachen. Pierre lachte auch, dann erzählte er Damien, was auf dem Friedhof passiert war. Er sagte nicht, dass er die Flucht ergriffen hatte.

Eine Verrückte, sagte Damien. Aber wir sind nicht verrückt.

Dabei blieb es.

Das heißt: Sie sprachen den ganzen Tag nicht mehr darüber, aber beide dachten an nichts anderes. Woran? Daran, wie sie das, was sie in der Rue Delambre in die Tat umgesetzt hatten, monatelang ausgeheckt, vorbereitet, durchgespielt, besprochen und geträumt hatten. Damals hatten sie übrigens vor allem darüber geredet, dass sie nicht geschnappt werden konnten, denn – es war Damiens Idee gewesen und die Grundlage, das Fundament ihres Plans – sie hatten sich kein bestimmtes Opfer ausgesucht, diese Frau oder eine andere, sie hatten kein

Motiv, keinen persönlichen Beweggrund, sie ließen den Zufall entscheiden, und wenn sie den Zufall entscheiden ließen, dann konnten sie nicht in Verdacht geraten, dann würden sie einer Strafe entgehen. Kurz gesagt, dann waren sie die Größten. Leicht? Eher einfach, wie ein gelungener mathematischer Beweis, der sich immer durch Einfachheit auszeichnet, daher auch seine Schönheit, seine Eleganz, wie Damien oft sagte, der Vergleich gefiel ihm.

Aber die Idee musste man erst mal haben.

Pierre hatte die Idee nicht gehabt, aber ohne ihn wäre sie nicht umgesetzt worden, das sagte Damien immer wieder, und Pierre wusste es, er wusste, dass Damien in gewisser Weise auf seine Gegenwart angewiesen war. Damien und Pierre kannten sich seit einer Ewigkeit, Grundschule, Collège, Lycée, sie waren unzertrennlich, selbst in den Ferien, Pierre fuhr mit Damien zu dessen Großeltern in die Bretagne. Dort hatte Damien auch die Idee gehabt, in den Herbstferien. Wenn Pierre daran zurückdachte, erinnerte er sich nicht mehr genau, wie es dazu gekommen war, er sah nur ihr Zimmer und hörte den Wind, den Regen, den Fernseher im Wohnzimmer, wo die Großeltern nach dem Essen noch lange am Tisch saßen, der Großvater mit seinem Glas Wein, die Großmutter mit ihrem Kräutertee, und sie in ihrem Zimmer, wo sie diskutierten und lasen, lasen und diskutierten. Manchmal gingen sie ins Café-Tabac, die Alten, rotgesichtig und runzelig, in schwarzen, grauen oder marineblauen Pullovern, begrüßten sie, da sind ja die Jungs aus Paris, sie boten ihnen Calvados an, den sie höflich ablehnten, sie müssten für die Schule lernen, ein

Vorwand. Ach ja, die Schule, seufzten die Alten sehnsüchtig, wären wir doch nur länger zur Schule gegangen. Oder Damien und Pierre verließen das Dorf und gingen runter zum Strand, um aufs Meer hinauszusehen, sie kamen schon so lange an diesen Ort, sie kannten jede Ecke und jeden Schlupfwinkel, jeden Felsen, sie kannten die Aussichtspunkte, von denen aus man im Sommer die Regatten beobachten konnte, und sie wussten, wo das gestrandete Wrack lag, in dem sie als Kinder gespielt hatten. Sie liebten den Gegensatz zwischen dem Altvertrauten und den wechselhaften, unvorhersehbaren Bewegungen des Meeres, des Himmels und der Wolken. Rosines Eltern hatten ihren Hof verkauft, aber sie besaßen noch immer einen großen Gemüsegarten, Hühner, Kaninchen, und Pierre brachte seiner Mutter oft Gemüse oder Eier mit nach Paris.

Herbstferien also, Allerheiligen, düstere Stimmung, niedriger Himmel, ununterbrochen lärmende Kirchenglocken, doch ihnen war das egal, sie lernten für die Schule. Sie hatten sich über den Tod unterhalten, über die Toten, über die Religion, beide konnten nichts damit anfangen. Damien glaubte nur an den Verstand, wie sein Großvater René, während Pierre fand, Gott sei ein Versager, der Beweis: Er hatte das Schlimmste nicht verhindert, er hatte seinem auserwählten Volk den Rücken gekehrt, er hatte zugelassen, dass es vernichtet wurde. Aber sie waren höflich, rücksichtsvoll. Sie hatten die Großeltern in die Messe begleitet.

Damien hatte Pierre vom Tod seiner Großmutter Simone erzählt. Er war zehn Jahre alt gewesen, sie war an Lungenkrebs erkrankt, es war alles sehr schnell gegangen. Sie hatte ihm beigebracht, Dame zu spielen, ihm Geschichten vorgelesen, immer Handschuhe und einen Hut getragen und eine Zigarettenspitze aus Elfenbein besessen. Er hatte sie sehr vermisst. Aber eigentlich wollte er erzählen, wie sie gestorben war.

Sie lag im Krankenhaus, sehr geschwächt. Er besuchte sie nach der Schule. Die weißen, endlosen Flure, der viel zu große Aufzug, der Geruch. Er klopfte an die Zimmertür, keine Antwort. Er ging hinein, sie lächelte. Und plötzlich war sie nicht mehr da. Er merkte, dass sie sich nicht mehr für ihn interessierte, eigentlich für gar nichts mehr. Sie kämpfte, das konnte man sehen, sie zwang sich dazu, ein oder zwei Fragen zu stellen, doch dann sank sie erschöpft in die Kissen. Er hatte gedacht, das ist der Tod. Sich für nichts mehr zu interessieren. Als er das Krankenhaus verließ und in den Bus nach Hause stieg, ertappte er sich bei dem Gedanken, der Bus interessiert mich. Der Busfahrer interessiert mich. Der Sitz interessiert mich. Die Frau mit den blonden Pudellöckchen mir gegenüber interessiert mich. Die Luft interessiert mich. Ich sehe sie nicht, aber sie interessiert mich. Die Straße interessiert mich. Natürlich war ihm bewusst, dass das wegen seiner Großmutter Simone so war. Aber zugleich, sagte er zu Pierre, hatte ihn das alles tatsächlich interessiert.

In den Herbstferien standen die beiden vor allem unter dem Schock der Begegnung mit Madame Martin und der Philosophie. Die Begeisterung für das Denken hatte Madame Martin ihnen von Anfang an vermittelt. Die Schüler lernten, was das Denken mit ihnen selbst zu tun hatte, hier und jetzt. Theorien waren keine abstrakten Gedankengebäude, sondern hatten konkrete, greifbare Auswirkungen, und Analysieren, Verstehen, Hinterfragen, Nach-Lösungen-Suchen, das alles waren Handlungen, die der Welt eingeschrieben waren, der Vergangenheit und der Gegenwart. Wie fast alle in der Klasse waren Damien und Pierre verführt, hingerissen, verliebt. Wie unter Schock, angestachelt. Natürlich auch wütend, sie war ja unerreichbar. Pierre sagte, er habe noch nie eine so schöne Frau gesehen, aus der Nähe und in echt, und auch keine so intelligente. Damien sagte das nicht, er rekapitulierte aus dem Gedächtnis alles, was sie gelernt hatten, und versuchte mit allen Mitteln, hartnäckig, verbissen einen Fehler in der Argumentation zu finden. War es das Thema »Naturwissenschaft und Determinismus« gewesen, das Damien auf die Idee gebracht hatte? Madame Martin hatte vom Zufall gesprochen, sie hatte Freud zitiert, ihm zufolge fällt man in eine fromme, abergläubische Weltanschauung zurück, bewahrt man den Gedanken einer Bestimmung, einer höheren Ordnung des Universums, wenn man nicht an den Zufall glaubt.

Plötzlich hatte Damien gesagt, ich gehe noch weiter. Ich glaube nicht nur an den Zufall, ich lasse ihn für mich arbeiten. Er war aufgeregt, aufgekratzt, wie im Fieber.

Wenn man sich dem Zufall unterordnet, beschützt er einen, sagte Damien.

Wenn man zum Beispiel einfach so tötet, ohne Grund, ohne Notwendigkeit, ohne Erklärung, ohne Interesse und auch ohne Gefühl, wenn es einem egal ist, wenn es irgendwer ist, dann kann man nicht geschnappt werden. Dann ist das gar kein Verbrechen. Für ein Verbrechen braucht es einen persönlichen Beweggrund. Einen Grund, ein Motiv. Aber wenn es Zufall ist …

Damien sprach hastig, sehr hastig, die Worte überschlugen sich, er wiederholte die Sätze, ihm war heiß, er wurde rot im Gesicht, seine Gedanken kamen ihm schnell wie der Blitz vor, schneller als der Blitz, sie rasten, sie stoben in alle Richtungen, Funken, Elektrizität. Zugleich sah er, wie jeder Satz sich in seinem Kopf formte, sich ablöste, er stand geschrieben, es war, als könnte er ihn lesen.

Pierre starrte Damien an, verblüfft, mit großen Augen.

Wenn zum Beispiel, sagte Pierre, wenn zum Beispiel …

Er war geblendet, von einem grellen Licht. Geblendet und wie vor den Kopf geschlagen. Plötzlich existierte nichts mehr. Die Welt war verschwunden, übrig blieb nur dieses grelle Licht.

Grandios, sagte Pierre, das ist eine grandiose Idee.

Er dachte es, er war sich sicher. Augenblickliche Zustimmung. Den Rest der Ferien sprachen sie darüber, wie sie es tun, wie sie es angehen sollten, das Prinzip war klar, aber die praktische Durchführung mussten sie noch planen. Sie diskutierten nächtelang, morgens mussten sie sich gegenseitig zurück in die Wirklichkeit holen, damit sie lernen konnten. Vor allem Pierre hatte Schwierigkeiten, er träumte viel und musste Damien morgens als Erstes seine Träume erzählen.

Es waren zwei Träume, die in leicht veränderter Form immer wiederkehrten. Der erste: Eine klapperdürre, bis auf die Knochen abgemagerte alte Frau kauert unter einer Decke, sie murmelt ununterbrochen vor sich hin, erst versteht man nichts, dann hört man, dass sie Gott und die Menschen verflucht, sie schreit immer lauter, plötzlich springt sie auf und fuchtelt mit einem Küchenmesser herum, und in diesem Moment wird Pierre mit unsagbarem Entsetzen bewusst, dass er selbst die alte Frau ist. Er trägt eine Perücke. Die Perücke fällt herunter, er wacht auf.

Der zweite Traum ist ein Familientreffen, einberufen vom Großvater. Ein Mörder wird gesucht. Es geht um Rache. Der gelähmte Großvater sitzt in einem Sessel. Trotz oder gerade wegen seiner Lähmung ist er sehr imposant. Nur seine Augen bewegen sich. Er bedeutet Pierre, aus einem Wörterbuch vorzulesen, Wort für Wort. So werden sie den Namen des Mörders erfahren. Alle hören ihm zu, es herrscht eine furchtbare Spannung. Als Pierre bei dem Wort »du« angekommen ist, blinzelt der Großvater. Alle starren Pierre an. Pierre hat entsetzliche Angst. Er weiß, dass der Alte sich irrt, ob mit Absicht oder nicht, und dass er nicht bei »du« hätte blinzeln müssen, sondern bei »ich«.

Damien wurde immer ungeduldig, wenn Pierre ihm von seinen Träumen erzählte, vor allem nervte ihn, dass sie immer wiederkehrten, diese Geschichten um Mord und Rache. Er sagte ihm, das sei doch außerdem alles abgekupfert, die Träume seien Remakes von *Psycho* und vom *Graf von Monte-Christo*, in der zehnten Klasse hatten sie das Buch gelesen, und den Film hatten sie sich mindestens zwei Mal zusammen angesehen. Daran hatte Pierre nicht gedacht, es brachte ihn zum Lachen, aber die Träume hörten trotzdem nicht auf.

Zurück in Paris träumte Pierre nicht mehr. Die Jungen hatten keine offizielle Entscheidung getroffen, aber gleich nach ihrer Rückkehr hatten sie sich Hals über Kopf auf die Vorbereitung des Ereignisses gestürzt, das kein Verbrechen sein würde. Beide begannen, erst jeder für sich, dann gemeinsam, die Frauen aus ihrem Viertel zu beobachten, ihnen nachzugehen, sie zu verfolgen, herauszufinden, wo sie hingingen. Schnell wurde ihnen klar, dass es eine Frau sein musste, die allein lebte. Unauffällig, verstohlen stellten sie ein paar Fragen.

Sie verbrachten viel Zeit im Café.

Frauen sahen sie alle möglichen. Es war verboten, sich eine bestimmte auszusuchen, Vorlieben zu haben. Das hinderte sie allerdings nicht daran, Bemerkungen zu machen, Urteile zu fällen, im Gegenteil, es machte ihnen Spaß.

All die Vorbereitungen lenkten sie nicht vom Unterricht ab. Ihr Plan trug sie, spornte sie an, sie lernten mit Feuereifer, sie waren gut, sehr gut, sie wollten alles verstehen, alles lernen. Madame Martins Unterricht begeisterte sie nach wie vor, sie beteiligten sich an den Diskussionen, übernahmen Referate, lasen viel. Pierre interessierte sich brennend für Spinoza, diesen kränklichen, exkommunizierten, lebensfrohen Juden. Übrigens mochte Madame Martin ihn ganz besonders. Damien hingegen war streitlustig, immer kritisch, er suchte den Fehler in der Argumentation, in der Beweisführung. Doch er war ein guter Verlierer, er gestand seine Niederlage ein. Das gab ihm sogar Auftrieb.

Kurz vor den Osterferien mussten sie es endlich tun, die Abiturprüfungen standen bevor. Sie legten den Tag und die Uhrzeit fest, und: Die Erste, die vorbeikommt, von denen, die wir beobachtet haben, ist es. Die Erste war eine junge dunkelhaarige Frau mit Pferdeschwanz, aber eine andere überholte sie, eine Blondine, die sie auch schon oft in der Gegend gesehen hatten. Sie wechselten einen Blick, nickten und hefteten sich an die Fersen der Blondine. Es war also die Zweite.

Warum eine Frau? Das lag auf der Hand, sie hatten nicht einmal darüber geredet.

In der Schule schleppte sich der Tag dahin, jeder war in seinen Gedanken versunken. Der Nachmittag schien überhaupt nicht vorbeizugehen, sie passten nicht auf, hatten keine Lust, sich zu konzentrieren. Als Damien nach dem Unterricht nach Hause kam, rief er seiner Mutter zu, er habe keinen Hunger, und schloss sich in seinem Zimmer ein. Seine Mutter beharrte beharrte beharrte, schließlich aßen sie zu zweit zu Abend. Wie so oft hatte Marcel angerufen, er käme erst spät nach Hause. Damien hatte eine stürmische Beziehung zu seiner Mutter, oft ging es um Essen, um Nahrung. Er konnte Stunden mit ihr in der Küche verbringen, Gemüse putzen, schneiden, zerhacken, kochen und sich dabei mit ihr unterhalten oder Musik hören, aber er konnte sich ebenso gut hartnäckig weigern zu essen. Marcel mischte sich nur selten ein, er war abwesend, anderswo. Damien hatte immer noch das Bild seines Vaters vor Augen, von dem Wochenende, als sie umgezogen waren, fünf oder sechs Jahre zuvor. Es war kein weiter Umzug gewesen, von der Rue Joseph-Bara zum Boulevard Raspail. Aber die gestapelten Kartons, das Kommen und Gehen der lautstarken, spöttischen, breitschultrigen Möbelpacker, die nervöse Ängstlichkeit seiner Mutter, die ihnen auf Schritt und Tritt folgte und sie mit Fragen überhäufte, das völlige Chaos. Damien hatte seinen Vater gesucht, er war verschwunden, irgendwann fand er ihn in der Waschküche, wo er mit einem Notizblock in der Hand auf einem Stuhl saß und zeichnete, vertieft in ein Motorproblem. Marcel lächelte seinem Sohn zu, legte wie ein Kind beim Versteckspiel den Finger an die Lippen und flüsterte, einen Moment noch, ich komme gleich. Damien hatte lachen müssen. Irgendwie bewunderte Damien die Fähigkeit seines Vaters, sich von der Außenwelt abzukapseln und sich ganz auf seine Angelegenheiten zu konzentrieren, und Marcel half seinem Sohn jederzeit gerne in Mathe oder Physik, für so etwas war er immer da. Aber zerstreut, außerhalb der Zeit. Sogar etwas lächerlich, dachte Damien manchmal. Als er im Sommer zuvor bei seinen Großeltern *Madame Bovary* gelesen hatte – für die Schule sollten sie Auszüge lesen, aber Damien hatte das ganze Buch gelesen –, hatte er sich gewundert, wie sehr sein Vater Charles Bovary ähnelte, zumindest dem Bild, das er sich von ihm machte. Jetzt, als er daran zurückdachte, wusste er nicht mehr genau, warum, er erinnerte sich nicht mehr, worin die Ähnlichkeit bestanden hatte, vielleicht war es eine gewisse Unbeholfenheit, die etwas altmodische Kleidung, jedenfalls hatte er die Ähnlichkeit gespürt, das wusste er genau. Als er Emma Bovarys Geschichte gelesen hatte, die Geschichte einer Frau, die sich langweilte, die vor sich hin träumte, die sich etwas vormachte, die abstürzte und ihr Leben zugrunde richtete, indem sie Ehebruch beging, hatte Damien sich die ganze Zeit gefragt, ob seine Mutter so wie die Hauptfigur war, ob sie seinen Vater betrog, so wie Emma Charles betrog. Er war von der Frage regelrecht besessen gewesen. Er hatte mit Pierre darüber gesprochen, der die Ferien mit ihm verbrachte. Pierre war entsetzt gewesen, so abwegig war der Gedanke für ihn. Wie kannst du nur, hatte Pierre gesagt, wie kannst du so etwas nur denken. Nach langen Diskussionen, Grübeleien und Nachfragen hatte Pierre sich überzeugen lassen, er hatte zugegeben, dass es möglich wäre. Es war nicht bewiesen, aber möglich. Bei Rosine. Bei seiner eigenen Mutter konnte Pierre sich so etwas allerdings nicht vorstellen, nein, Anna war nicht verführerisch genug, sie arbeitete zu viel, schrie zu viel herum. Natürlich war sie eine Frau, aber Pierre sah sie eher als Oberfeldwebel oder Firmenchef. Für Pierre waren seine Großmutter Sarah und seine Schwester Joëlle die Frauen in der Familie, sie waren auf dieselbe Art schön, hatten große, feucht schimmernde Augen und einen lebensfrohen Charakter. Pierre kümmerte sich gern um seine Schwester, freiwillig, und seine Großmutter liebte er abgöttisch. Eine kleine Heilige, sagte er manchmal, der Ausdruck war ihm nach der Sache in den Sinn gekommen, die Sarah zwei Jahre zuvor passiert war. Sie hatte Urlaub bei einer Freundin in der Provinz gemacht, die Freundin war außer Haus gewesen, es hatte an der Tür geklingelt, zwei Jugendliche. Sie hatten ihr dreist ins Gesicht gesagt, sie seien gekommen, »um Kohle abzugreifen«, sie lachten, aber sie meinten es bitterernst. Sie hatten ihr alles abgenommen, Ringe, Ketten, Ohrringe und Bargeld. Sie war sehr schockiert gewesen: »Wie sie mich angesehen haben. Warum haben sie mich so angesehen?« Sie hatte immer wieder von der Bösartigkeit ihres Blickes und ihrem jugendlichen Alter gesprochen. Sie hatte keine Angst gehabt. Später, zurück in Paris, hatte sie etwas gesagt, das alle erstaunt hatte: »Vielleicht konnten sie nicht anders«, hatte Sarah gesagt, »vielleicht haben sie nichts anderes gelernt.« Anna hatte geschrien, du machst mich noch wahnsinnig. Der Überfall hatte Pierre erschüttert, er wollte unbedingt, dass die Täter gefunden und bestraft wurden, dass sie für Jahre hinter Gitter kamen. Die Worte seiner Großmutter verwirrten, irritierten ihn. Er drehte und wendete sie, verstand sie nicht, und Sarah wollte nicht mehr darüber sprechen. Zu Damien hatte er gesagt, es war eher eine Frage gewesen, was für ein starker Satz. Bemerkenswert, zur Bekräftigung hatte er dieses etwas pompöse Wort hinzugefügt. Damien mochte Sarah sehr, und er hatte lange nachgedacht. Schließlich hatte er den Kopf geschüttelt. Ich weiß nicht, sagte Damien, und er hatte ausgesehen, als wüsste er es tatsächlich nicht, was untypisch für ihn war.

Nach dem Abendessen rief Damien bei Pierre an, sie bereiteten sich eine Weile für die Schule vor, am nächsten Tag sollte im Philosophieunterricht ein Streitgespräch stattfinden. Sie machten sich ein paar Notizen, Pierre las Damien ein Zitat von Spinoza vor, sie gingen früh schlafen. Sie hatten nicht alles geschafft, aber beide waren erschöpft.

Zoé hatte beschlossen, einen Abstecher in die Rue Delambre zu machen, bevor sie sich mit Sacha traf. Sie kam aus der Metrostation an der Place Denfert-Rochereau und blieb kurz stehen, um sich die riesige Statue des Löwen anzusehen, der wie immer ruhig und wohlwollend, beschützend auf sie wirkte. Dann ging sie langsam den Boulevard Raspail hinunter. Die Bäume, die kühle Luft, das schöne Licht. Sie kam an den Glaswänden der Fondation Cartier für Zeitgenössische Kunst vorbei und las die Plakate, die die laufende Ausstellung ankündigten, eine Ausstellung über Kunst und Wissenschaft.

An der Kreuzung Montparnasse/Raspail wechselte sie auf die andere Straßenseite und sah hoch zum wolkenlosen Stadthimmel über den Boulevards, und in der Rue Delambre betrat sie einen Lebensmittelladen, um sich einen Apfel zu kaufen. Die Inhaberin, Madame Migot, ihr Name stand auf der Glastür, unterhielt sich mit einem alten Mann mit Mütze.

Regale voller Konserven, bunte Etiketten, Flaschen, teures und preiswertes Öl, Essig und Wein, Zwieback. Früchte, wie erwartet, Äpfel Birnen Bananen, schön und sauber, gepflegt.

Schinken am Stück, verschiedene Käsesorten, lose und abgepackte Butter. Marken, Verpackungen.

Zoé kam der Zeitungsartikel in den Sinn, den sie gerade in der Metro gelesen hatte, eine wissenschaftliche Entdeckung, »so etwas passiert nur alle paar Milliarden Jahre, aber sie haben einen Blick darauf erhascht«, eine Gruppe Astrophysiker erforschte die verborgene Materie des Universums, und dank eines Bolometers, Zoé gefiel der Name, hatten sie etwas gefunden, ein Partikel. Zoé erinnerte sich nicht mehr genau, aber sie hatte sich gemerkt, dass die sichtbare Materie nur einen geringfügigen Teil der tatsächlichen Materie des Universums ausmacht, zehn Prozent, der Rest absorbiert kein Licht, strahlt kein Licht ab und reflektiert kein Licht, deshalb fehlt er, bleibt unsichtbar, verborgen. Sie versuchte, sich den verborgenen Teil des Lebensmittelladens von Madame Migot vorzustellen, einen unsichtbaren, namenlosen Doppelgänger, und das gelang ihr auch sehr gut, jedes Senfglas, jedes Regal, jedes Marmeladenglas umgab eine Aura des Unbekannten, ein kleiner Abgrund, das Salz war allem Anschein zum Trotz nicht einfach Salz und was verbarg sich hinter dem rosa Schinken, ja selbst Madame Migot, die ihre Leibesfülle in einen weißen Kittel gezwängt hatte … Zoé fragte sich, ob die Wörter nicht für diesen verborgenen, unsichtbaren Teil standen, denn wenn man es recht bedenkt, bedeutet das Wort Marmelade oder das Wort Schinken, das den Dingen übergestülpt wird, gar nichts, es betont nur, wie viel größer als das Wort die Sache selbst ist und was es jenseits des Wortes noch alles gibt, was es noch alles geben kann. Und dieser unscheinbare Lebensmittelladen …

Oder das Wort Frankreich, dachte Zoé, als sie las, wo die Früchte herkamen. Die französische Gesellschaft.

Sie fragte nach einem Apfel.

Suchen Sie sich einen aus, sagte Madame Migot lächelnd.

Alles hier ist gut und lecker, sagte der Mann und lächelte ebenfalls, er machte der Verkäuferin schöne Augen.

Das stimmt, sagte Madame Migot, bisher habe ich noch niemanden vergiftet. Weder vergiftet noch sonst was.

Stille trat ein.

Dann redete Madame Migot weiter:

Wer hätte das gedacht, in unserer Straße, nicht wahr, Monsieur Dupuis? Hier, in unserer Straße. Was meinen Sie?

Monsieur Dupuis zuckte mit den Achseln und sagte, ich meine nichts. Gar nichts.

Zoé hatte sich einen Apfel ausgesucht, und Madame Migot legte ihn auf die Waage.

Gibt es keine Spuren?, fragte Zoé.

Was denn für Spuren?, sagte Madame Migot. Jedenfalls war es keiner von hier.

Nein?, fragte Zoé. Sind Sie sicher?

Natürlich bin ich sicher, sagte Madame Migot. Es war niemand aus unserem Viertel, so was tut keiner von hier.

Zoé wartete nicht auf die Fortsetzung. Sie zahlte, bedankte sich und ging.

Am nächsten Tag kam Damien viel zu früh zur Schule, er war im Morgengrauen aufgewacht. Er trank einen Kaffee im Café-Tabac nebenan und las Zeitung, es gab nichts über die Rue Delambre. Er blätterte die Zeitung von vorne bis hinten durch, er interessierte sich für alles, er war wachsam, unruhig. Er hatte geträumt, er habe etwas in der Rue Delambre liegen gelassen. Er schob den Traum beiseite, er wusste, dass das nicht stimmte, und trotzdem dachte er daran, unwillkürlich, es schwirrte ihm durch den Kopf, etwas war zurückgeblieben, kehrte zurück. Als er Pierre traf, mit Pierre war es immer dasselbe, erzählte der ihm sogleich von seiner Nacht, und Damien erfuhr, dass auch er geträumt hatte, etwas in der Rue Delambre liegen gelassen zu haben. Doch das, was Pierre liegen gelassen hatte, wurde in dem Traum genannt, es waren Texte, die Madame Martin zur Vorbereitung auf das Streitgespräch verteilt hatte. Weder Pierre noch Damien hatten sie gelesen, ihnen hatte die Zeit gefehlt.

Abgesehen davon war es bei mir genauso, sagte Damien.

Pierre schwieg. Damien sah Pierre an.

Hör mal, ich finde das nicht gut, sagte Damien.

Was denn?, fragte Pierre.

Ich finde es nicht gut, dass du in meinem Traum auftauchst, sagte Damien.

Warum soll ich das gewesen sein?, fragte Pierre. Vielleicht bist du ja auch in meinem Traum aufgetaucht.

Um wie viel Uhr hast du den Traum gehabt?, fragte Damien.

Woher soll ich das wissen?, sagte Pierre.

Ich bin sicher, dass ich den Traum zuerst gehabt habe, vor dir, ich bin früh aufgewacht, sagte Damien.

Ich auch, sagte Pierre. Vergiss es, sagte Pierre.

War nur ein Witz, sagte Damien.

Ich weiß, sagte Pierre. Ich weiß. Aber er ist nicht lustig.

Er wirkte unglücklich. Damien berührte seine Schulter, wird schon werden. Pierre entspannte sich ein wenig, aber beide waren kreidebleich.

Als sie das Klassenzimmer betraten, drängte Claudine sich an ihnen vorbei. Damien rempelte sie an. Claudine drehte sich um und streckte ihm die Zunge heraus. Damien boxte nach ihr, sie wich ihm aus. Damien packte sie von hinten, drehte sie herum und küsste sie kurz, aber heftig auf den Mund. Claudine sagte, Madame …, überlegte es sich anders, tat, als hätte sie schon ganz anderes erlebt, fuhr sich durchs Haar und ging zu ihrem Platz.

Normalerweise waren Madame Martins Streitgespräche, zu denen sie immer dienstags andere Lehrer einlud, um die Schüler mit unterschiedlichen Meinungen zu konfrontieren, ein großer Erfolg. Diesmal nicht.

Eher ein kompletter Reinfall. Madame Martin hatte einen Wirtschaftslehrer und eine Geschichtslehrerin eingeladen, damit sie darstellten, was man in ihren jeweiligen Fächern unter Freiheit verstand, aber die beiden gingen sofort aufeinander los. Monsieur Agostini, jung, gut aussehend, etwas zu glatt, verteidigte die Freiheit des Marktes mit den bekannten Argumenten, und Mademoiselle Stein, die Geschichtslehrerin, hatte es sich offensichtlich zur Aufgabe gemacht, die Schüler vor seinem schädlichen Einfluss zu schützen. Dürr wie sie war, lief sie erregt auf und ab, und ihre Raucherstimme, die die Schüler seit der zehnten Klasse imitierten, füllte den Raum. Theatralisch und aggressiv deklamierte sie, oh Freiheit, welche Verbrechen werden in deinem Namen begangen, sie hielt ihnen die Schrecken des Kapitalismus vor Augen, seine unaufhaltsame Ausbreitung, die Enteignung der Kleinbauern, die erzwungene Proletarisierung, die Kinderarbeit, die Barbarei des Kolonialismus und Imperialismus, die Verbindungen zur Mafia. Und das soll Freiheit sein, schloss sie triumphierend. Ihre Freiheit ist das Recht des Stärkeren.

Einige Schüler applaudierten. Monsieur Agostini entgegnete unbeeindruckt, man habe schließlich gesehen, wohin die Planwirtschaft, die Eingriffe des Staates geführt hätten, man müsse ja nur an die Verbrechen des Totalitarismus, des Nationalsozialismus und Kommunismus, denken, wollen Sie etwa, dass jemand alle Entscheidungen für Sie trifft, er wandte sich an die Schüler, weiß Ihre Mutter etwa besser als Sie, was Sie wollen, Reglementierung gleich Infantilisierung, und er erklärte, dass der Markt zugegebenermaßen ein unvollkommenes System sei, seine Unvollkommenheit ihn aber gerade dazu zwinge, sich fortzuentwickeln. Der Markt habe seine Gesetze, das sei die Realität, und die Realität kann man nicht ignorieren, sie bringt uns nach vorn.

Aber die Realität kann man verändern, man muss sie nicht einfach hinnehmen, Mademoiselle Stein war aufgesprungen.

Sie stritten sich untereinander, für die Schüler schienen sie sich nicht sonderlich zu interessieren.

Der Markt ist frei, aber er hat seine Gesetze, im Geschichtsunterricht haben Sie immer für alles eine Erklärung, aber Sie sprechen von Verbrechen, was ist denn jetzt mit der Freiheit, das kapiert doch kein Mensch, Thomas regte sich auf.

Thomas zitierte aus einem Text von Hannah Arendt, den Madame Martin ihnen zu lesen gegeben hatte und der der Idee einer historischen Notwendigkeit widersprach, einem angeblichen Ziel der Geschichte: Auschwitz hätte nicht stattfinden dürfen, deshalb sei Auschwitz nicht unvermeidbar gewesen, davon müsse man ausgehen, von dort her denken.

Es läutete und Madame Martin sagte, sie würden diese Fragen im Unterricht aufgreifen. Die Schüler gingen in kleinen Gruppen aus dem Raum, Monsieur Agostini und Mademoiselle Stein debattierten unter vier Augen weiter.

Damien hatte sich nicht zu Wort gemeldet, was seit Beginn des Schuljahres fast nie vorgekommen war. Er hatte keine Lust gehabt. Er war in Gedanken anderswo, das alles ging ihn nichts an. Weder Mademoiselle Steins Pathos noch Monsieur Agostinis provozierender, kindischer Zynismus brachten ihn zum Lachen, er hörte zu, aber wie aus weiter Ferne, ein löchriger Klangteppich, einzelne Wörter hoben sich ab, Freiheit, Verbrechen, Notwendigkeit, Nicht-Notwendigkeit, Realität …

Der Traum, den er und Pierre gehabt hatten, bestürmte ihn. Die Wörter aus dem Streitgespräch schwirrten ihm im Kopf herum, ein bizarres, verwirrendes Echo, kein Zusammenhang mit Wirtschaft oder Geschichte, aber ein paar Gedanken nahmen Gestalt an, drängten sich ihm auf.

Sind Träume ein Teil der Wirklichkeit?, fragte sich Damien, die Frage war ihm plötzlich eingefallen.

Wer träumt, wenn wir träumen?

Sind Träume frei, sind wir frei, wenn wir träumen, war er, Damien, frei gewesen, als er seinen Traum geträumt hatte, ja oder nein, er drehte und wendete die Frage, betrachtete sie von allen Seiten, es gab keine Antwort, die Frage hämmerte auf ihn ein, ließ ihn nicht los.

Traum, Realität, Freiheit, Freiheit, Realität, Traum, hinauf, hinunter, die Treppe in der Rue Delambre, träumen heißt vergessen, etwas liegen lassen, eine Sache liegen lassen, aber was liegen lassen, einen Traum, die Freiheit.

Die Gesetze der Freiheit, die Gesetze der Realität.

Wer träumt in einem Traum. Sind wir frei zu träumen.

Damien hatte Kopfschmerzen. Zugleich war er irgendwie sauer auf Pierre, der schon wieder mit etwas anderem beschäftigt war.

Pierre, der viel zeichnete und richtig gut im Zeichnen war, hatte Mademoiselle Stein porträtiert, wie sie auf einem Podium stand und deklamierte, oh Freiheit, welche Verbrechen werden in deinem Namen begangen, neben ihr standen Fidel Castro, die Mütze mit dem Stern auf dem Kopf, und George Bush jr., die Bibel in der Hand. Er hatte das Bild seinen Sitznachbarinnen gezeigt, die kicherten.

Damien nicht, er war missmutig. Er zuckte mit den Achseln.

Damien, Sie wirken heute etwas angeschlagen, sagte Madame Martin zu ihm, als die Schüler das Klassenzimmer verließen. Sie sah zu, wie er in Zeitlupe seine Sachen zusammenpackte, mit schwerfälligen, mechanischen Bewegungen.

Ich bin nicht in Form, sagte Damien. Plötzlich hatte er das Bedürfnis, sich von Madame Martin in den Arm nehmen und trösten zu lassen, so sehr tat ihm der Kopf weh.

Ich habe schlecht geschlafen, sagte Damien lächelnd.

Madame Martin sagte, bald seien Prüfungen und er müsse lernen, sich zu entspannen. Also Damien, sagte Madame Martin, los, gehen Sie Basketball spielen, ihre Worte waren auch an Pierre gerichtet, der neben Damien stand.

Und das taten sie. Die Kreuzung, die Autos, Rue Bréa, Rue Vavin, Schulkinder auf dem Nachhauseweg, Studenten der juristischen Fakultät. Der Luxembourg. Der große Rasen am Eingang, das flache Grün, das sich vor ihnen ausbreitete, die Bäume. Imkerlehrlinge standen vor einigen Bienenkörben. Pierre sagte, Bienen sind doch viel zu gefährlich. Sie gingen zum Basketballplatz.

Ein paar Leute, die sie kannten, waren schon auf dem Spielfeld, einige Klassenkameraden waren auch da, sie gesellten sich dazu.

Der große Jérémie mit der tiefhängenden Hose, der kleine Sylvain, zu dick, aber ein guter Spieler, Mikaël, die Mädchen am Spielfeldrand, die zuschauten, Stirnbänder und Tücher, Korb und noch ein Korb, laufen, springen, passen, annehmen, zielen, werfen, immer wieder.

Glück.

Damien, wieder in Hochform. Pierre auch.

Als Damien nach Hause kam, stand Rosine in der Küche, Marcel würde früher Feierabend machen und zwei Kollegen mit zum Essen bringen.

Damien half ein bisschen tranchieren und Soße anrühren und legte im Wohnzimmer Rock 'n' Roll auf, beim Kochen hörten sie die Musik aus dem Nebenzimmer. Damien wusch den Salat, schnitt das Brot und zog seine Mutter zum Tanzen ins Wohnzimmer. Rosine wehrte sich und lachte, lachte und tanzte, sie liebte das. Sie tanzten drei Songs hintereinander, nach jedem Stück sagte Rosine, das reicht, ich muss wieder in die Küche, und sie tanzten weiter. Sie tanzten beide sehr gut, wer sie sah, sagte es ihnen, da war so eine Ungezwungenheit, eine Natürlichkeit, leichte und geschmeidige, einfache Bewegungen, und Damien spürte es, er wusste, dass er mit niemandem so gut tanzte wie mit seiner Mutter. Er wirbelte sie herum, drehte sie ein, zog sie zu sich heran, immer wieder, er kam ihr nah, ganz nah, Wange an Wange, dann stieß er sie fort, sah sie an, wandte sich ab, kehrte ihr den Rücken, zog sie wieder zu sich heran. Nach einer Weile sagte Rosine, warte, ich bin ganz außer Atem, ich lege jetzt die hier auf, für dich, sie zeigte ihm eine CD, Damien sah sich die Hülle an, es war die neue Alice Snow, sie sang alte Hits. Seine Mutter suchte nach einem bestimmten Song und drückte auf Play. Es war *Fever. Never know how much I love you*, weißt nicht, wie sehr ich dich liebe, *Never know how much I care*, weißt nicht, wie sehr ich dich mag, *When you put your arms around me*, immer wenn du mich umarmst, *I get a fever that's hard to bear*, bekomm ich unerträgliches Fieber, *You give me fever*, du lässt mich fiebern, *Fever when you kiss me*, Fieber, wenn du mich küsst, *Fever when you hold me tight*, Fieber, wenn du mich umschlingst, *Fever in the morning*, Fieber, früh am Morgen, *Fever all through the night*, Fieber, die ganze Nacht lang, *Sun lights up the daytime*, die Sonne entflammt den Tag, *Moon lights up the night*, der Mond entflammt die Nacht, *I light up when you call my name*, ich entflamme, wenn du meinen Namen rufst, *And you know I'm going to treat you right*, und du weißt, dass ich dich gut behandeln werde. Alice Snow hielt sich an das Original, die Stimme allein, vom Schlagzeug getrieben, begleitet, getragen, der Text eher gesprochen als gesungen, fast ohne Rhythmus, ohne Melodie, der Rhythmus lag in den Wörtern, er war in den Wörtern gefangen, die Wörter lockten den Rhythmus hervor, aus sich heraus, ein unmerklicher Herzschlag, nur das Wort *Fever* wurde geschrien, immer wieder, es erhob sich, fiel, stieg an, brach. Damien hörte zu, griff den Rhythmus auf, das unterirdische Schwingen, er packte Rosine an den Händen, komm, wir tanzen. Sie spielten den Song noch einmal. Als er zum zweiten Mal endete, hielt Damien Rosine fest umklammert, legte seinen Kopf an ihren Hals, und beim letzten Takt biss er sie.

Oh nein, sagte Rosine und stieß ihn weg.

Was denn, sagte Damien.

Er legte das Stück noch einmal auf und versuchte erneut, seine atemlose Mutter an sich zu ziehen. Rosine entwand sich ihm lachend und ging zurück in die Küche. Sie summte die Musik mit. Damien tanzte allein.

Marcel kam mit den Gästen. Er war wie immer sehr stolz auf seinen Sohn, er stellte ihn vor, sie plauderten beim Aperitif. Die beiden Kollegen stellten die üblichen Fragen, Damien antwortete höflich, er beobachtete sie. Er fand, dass sie einander ähnelten und seinem Vater ähnelten, die gleichen grauen Anzüge, die gleichen gestreiften Krawatten, und alle drei rauchten Pfeife. Beim Essen stellte Damien erfreut fest, dass sein Vater sich am besten ausdrückte und mit Abstand der Intelligenteste war. Während sie das von Rosine zubereitete Essen genossen, erörterten sie ein technisches Problem. Rosine langweilte sich. Erst aß Damien mit ihnen, dann entschuldigte er sich, Schularbeiten, Schularbeiten, und ging in sein Zimmer. Geschichte, sie waren bei der Zwischenkriegszeit, den Ursachen des Zweiten Weltkriegs, dann Physik, und über einem Text von Karl Marx schlief er ein.

Mitten in der Nacht wachte er auf, um drei Uhr, die schlimmste Zeit, hörte Damien sich denken. Er konnte nicht wieder einschlafen. Wie immer in solchen Fällen dachte er, er würde nie wieder schlafen können, nie wieder eine Nacht durchschlafen. Er wusste, dass das Unsinn war, und er wusste auch, dass unter dem großen, umfassenden Gedanken der Schlaflosigkeit, der alles wie ein weißes Laken bedeckte, andere Gedanken lauerten,

Gedanken, die ihn daran hinderten, wieder einzuschlafen. Es half alles nichts, er dachte nur ans Schlafen, an den Schlaf und an die Unmöglichkeit zu schlafen.

Gegen sechs Uhr stand er wütend auf, er ging in die Küche, holte sich etwas zu essen, Reste vom Vorabend, trank ein Bier, legte sich wieder hin und schlief eine Stunde lang.

Pierres Abend. Auf dem Nachhauseweg war Pierre bei Monsieur Dupuis, dem Hausmeister, vorbeigegangen, er wollte sich die Kätzchen ansehen. Sie unterhielten sich eine Weile, er unterhielt sich gern mit Monsieur Dupuis, der so vieles wusste, so vieles erlebt hatte, im Krieg war er in Pierres Alter gewesen, das vergaß er nie zu erwähnen.

Zu Hause setzte Pierre sich neben seinen Großvater, Élie lächelte ihm zu, Pierre erzählte ihm von seinem Tag, er schmückte die Erzählung aus und redete mit lauter Stimme, Élie lächelte erneut und strich ihm wortlos über das Haar. Obwohl das nichts Ungewöhnliches für seinen Großvater war, wühlte Pierre die Geste auf. Ihm schoss durch den Kopf, er träumt von seinem Land. Warum? Élies Land war Frankreich, er war nie in sein Dorf in Galizien zurückgekehrt, er war schon lange Franzose. Trotzdem beobachtete Pierre Élie, das Gesicht, die faltigen Wangen, die eingesunkenen Augen, die Hände, er stellte sich ein Dorf wie auf einer Kinderzeichnung vor, verschneit, weiß, oder aber sehr heiß, er hatte vom kontinentalen Klima gehört, und einen kleinen, sehr kleinen Élie, der herumlief, unbeschwert und frei, der lachte, hüpfte, herumtollte, Kindheit, Übermut, verlorenes Paradies, eine Zeit, die nie zurückkommen, ein Land, in das er nie zurückkehren wird.

Nicht zurückkehren können, nicht zurückkehren können.

Pierre war den Tränen nah.

Erzähl mir von deinem Land, sagte Pierre zu seinem Großvater.

Élie lächelte und schwieg.

Pierre gab ihm einen Kuss und ging rüber zu Joëlle. Er aß in seinem Zimmer zu Abend und lernte bis zum frühen Morgen für die Schule.

Als sie am Mittwoch in die Schule kamen, erfuhren sie, dass die Geschichtslehrerin und der Physiklehrer nicht da waren. Claudine war stocksauer, sie hatte bis spät in die Nacht an ihrem Referat über das Vichy-Regime gesessen. Damien lud sie auf ein Getränk ein, Pierre begleitete die beiden. Im Café hielt Claudine ihnen praktisch ihr Referat, es sprudelte nur so aus ihr heraus, sie konnte nicht anders, als ihnen das klar wurde, mussten alle drei lachen. Dann redeten sie über den Unterricht, und Pierre schlug vor, Monsieur Dupuis ein paar Fragen zu stellen, er würde sich bestimmt über die Gelegenheit freuen, von damals zu erzählen.

Während sie vor dem Café saßen, legte jemand Musik auf. Die Jukebox spielte den neuesten Hit von Alice Snow, und sie verstummten, um zuzuhören. Thomas und ein paar andere aus ihrer Klasse kamen vorbei, die schöne Flo, Janice. Sie setzten sich an einen Tisch. Die Musik, die Luft, die Bäume, die Boulevards, der Himmel.

Wow, sagte Claudine und sah Damien an.

Wow, stimmte Damien ihr zu. Möchtest du tanzen?

Lachend drehten sie sich dreimal im Kreis, Claudine

aufgekratzt, Damien nicht, nein, Damien überhaupt nicht, er geriet immer wieder aus dem Takt, so ging das nicht. Er fühlte sich kraftlos und schlaff wie ein nasser Sack.

Thomas wollte noch mal über das Streitgespräch reden, er regte sich furchtbar über Monsieur Agostini auf, wie kann er nur den Markt verteidigen, die Freiheit des Markts, Thomas griff Mademoiselle Steins Argumente auf, sie ist vielleicht ein bisschen altmodisch, aber trotzdem. Oh Freiheit, welche Verbrechen werden in deinem Namen begangen, deklamierte Thomas seinerseits, die Straßenkinder, die Drogenmafia, die Slums …

Aber keiner hatte Lust, darauf einzugehen. Thomas und Flo verließen das Café, Claudine schlug Damien und Pierre vor, noch etwas herumzulaufen. Damien zögerte, lehnte ab, sagte, er wolle schlafen gehen.

Tatsächlich beschloss Damien, seinen Großvater zu besuchen, wie er es manchmal mittwochs tat. René wohnte seit Jahren in der Rue de Rennes, Marcel hatte als Kind noch den alten Bahnhof Montparnasse gekannt, bevor das Hochhaus, die *Tour Montparnasse*, gebaut worden war. René hatte nach dem Tod seiner Frau die Wohnung nicht aufgeben wollen, aber er verfolgte die Entwicklung des Viertels kritisch. Er vermisste vor allem den Markt auf der Place Edgar-Quinet, der nicht mehr so war wie früher, es kamen fast keine Bretonen mehr, er selbst war kein Bretone, er kam aus Zentralfrankreich, aber, wie er oft sagte, die Provinz ist das Salz des Landes, sie sorgt für Vielfalt, heutzutage siehst du überall die gleichen Läden mit den gleichen Klamotten, die gleichen Cafés mit den gleichen Leuchtreklamen … Trotzdem kein Wort der Nostalgie, er betonte immer wieder, wie engstirnig die Leute in der Provinz waren, und erzählte oft, dass er als junger Mann nur eins im Kopf gehabt hatte, dem väterlichen Lebensmittelladen zu entfliehen, aus Clermont-Ferrand wegzugehen, »in einer Kleinstadt wissen alle immer genau, was du tust«. Besonders stolz war er darauf, dass ihn seine Karriere im Industrieministerium nach Paris geführt hatte, und er hatte sich die Hauptstadt völlig zu Eigen gemacht. Er hatte übrigens auch eine Pariserin geheiratet.

Marcel vermisste vor allem den Fahrradladen auf dem Boulevard Edgar-Quinet, aus dem all seine Fahrräder stammten, von dem Kinderfahrrad, das seine Mutter ihm gekauft hatte, bis hin zu dem Rennrad, das sein Vater ihm anlässlich seiner Zulassung zur Ingenieurhochschule *École des Mines* geschenkt hatte und das immer noch im Keller stand.

Damien mochte die Wohnung in der Rue de Rennes sehr, die vertrauten Möbel, die Bücher, die Comicsammlung und die Modellautos, die sein Vater Marcel hier gelassen hatte. Und die Fotos. Es gab viele Fotos von Damien, und auf einem Ehrenplatz stand ein Foto von Damien als Vierjährigem, zwischen seinem Großvater und seiner Großmutter, ganz der Großvater, er ist René wie aus dem Gesicht geschnitten. Und das stimmte, die Augen, der Mund, vor allem der etwas unbeteiligte, ironische Gesichtsausdruck.

Damien besuchte seinen Großvater gern, weil der ihm immer etwas erzählte, René war ein guter Erzähler, und Damien unterhielt sich häufiger mit ihm als mit Marcel.

Als Damien ankam, er hatte zuvor angerufen, das wollte sein Großvater so, setzte er sich in die Küche und aß ohne Appetit, aber brav den Teller leer, den René für ihn vorbereitet hatte. Er war müde, von Müdigkeit überwältigt, seine Augen brannten, er fühlte sich sehr klein. Er hatte herkommen wollen, um hier zu sein, um sich zu finden, seinen Großvater, diesen vertrauten Ort, und es genügte ihm, hier zu sein, Anwesenheit, Ruhe, Rückzug, vielleicht schlafen gehen in dem Zimmer am Ende des Flurs, das früher Marcel gehört hatte. Auf die Nachfrage seines Großvaters bemühte er sich trotzdem, von der Schule zu erzählen, er erwähnte das Streitgespräch vom Tag zuvor, der Großvater nickte lächelnd, als Damien die beiden verfeindeten Lehrer beschrieb, die eingeladen worden waren.

Als du in meinem Alter warst, wovon hast du da eigentlich geträumt?, fragte Damien unvermittelt, die Worte kamen einfach so aus ihm heraus, aber als er sie aussprach, wurde ihm klar, dass er es tatsächlich wissen wollte.

Wovon ich geträumt habe? René war überrascht. Ich habe nicht viel geträumt, sagte René, in deinem Alter habe ich schon gearbeitet.

Und er erzählte von Clermont-Ferrand, von den Laufbahnprüfungen, von seiner Hartnäckigkeit, mit der er die Prüfungen unbedingt bestehen wollte. Der Ausdruck »etwas aus sich machen« kehrte immer wieder.

Damien hörte zu, vage, abgelenkt, übermüdet, und zugleich war er wegen seiner Müdigkeit in einem merkwürdigen Zustand, die Sinne geschärft. Er spürte alles, hörte alles, die Worte, die Sätze, was zwischen den Zeilen gesagt wurde.

Damien, der wie immer alles ganz genau wissen wollte, fand, dass sein Großvater zu schnell erzählte, abgehackt, hastig.

Was für Laufbahnprüfungen?, bohrte Damien nach.

Um in der Verwaltung zu arbeiten, du weißt schon, sagte René. Ich war Beamter.

Damien war empfänglich für den Tonfall.

Aber du wirst doch trotzdem manchmal geträumt haben?, beharrte Damien.

Nein, der Großvater hob die Stimme, was untypisch für ihn war, er wurde seinem Enkel gegenüber nie laut, die Geduld des Großvaters war in der Familie sprichwörtlich, schon seit Damien ein Kind war. Immer wieder wurde die Geschichte erzählt, wie Damien als Fünfjähriger vor Wut das Gitter des Aufzugs eingetreten hatte, weil René ihr Ritual vergessen hatte: ihn hochzuheben, damit er auf den Knopf drücken konnte. Der Großvater war ruhig geblieben, obwohl alle fanden, das Kind habe eine Lektion verdient.

Über seinen Sohn regte René sich allerdings sehr wohl auf, sogar oft, er wurde zornig, kalt, sarkastisch. Aber Damien gegenüber nie, weshalb dieser erstaunt, sogar ein wenig schockiert war und ablenken wollte.

Und worüber hast du nachgedacht, wenn du schon nicht geträumt hast?, fragte Damien.

René zuckte mit den Achseln.

Jetzt war Damien nicht mehr erstaunt, sondern peinlich berührt, ihm war unbehaglich zumute. Er sagte zu seinem Großvater, er würde sich etwas hinlegen, und bat ihn, ihn eine Stunde später zu wecken.

Er wachte auf, allein, verängstigt, alles, was er in der schlaflosen Nacht nicht geträumt hatte, hatte er jetzt geträumt, eindringlich und lebhaft.

Er hatte die Frau aus der Rue Delambre gesehen, nicht ihr Gesicht, nicht ihre Gesichtszüge, nicht ihren Blick, sondern den Körper, die Masse des Körpers, unförmig wie ein Lumpenbündel.

Die Farbe ihrer Kleidung war verblichen, eine unförmige, farblose, graue Masse, und Damien dachte in dem Traum, nein, die Kleider haben doch Farben, warum sind sie grau, sie müssten bunt sein.

Er stand auf und verfluchte sich selbst, natürlich dachte er an Pierre, die Toten kommen zurück, er hätte ihn am liebsten geohrfeigt, er hätte sich am liebsten selbst geohrfeigt.

Der Großvater hatte gehört, dass er aufgestanden war, und schlug vor, ihn nach Hause zu bringen und auf dem Weg mit ihm in der CD-Abteilung der Fnac vorbeizugehen, vielleicht wollte er ja etwas haben, das war eins ihrer Rituale. Damien umarmte ihn und ließ sich drei CDs schenken, dann ging er nach Hause.

Pierre. Er lernte den ganzen Nachmittag, am frühen Abend rief er Damien an, der gerade wieder nach Hause gekommen war, und sagte, er komme in einer Stunde vorbei, um die Englischaufgaben zu vergleichen. Vor Damiens Haus am Boulevard Raspail sah Pierre den Jungen mit der Lederjacke, den Jeans und dem roten Halstuch vor der Baustelle stehen, als hätte er sich seit dem letzten Mal, als Pierre und Damien ihn dort gesehen hatten, nicht vom Fleck gerührt. Pierre ging zu ihm hin und sagte, hallo.

Hallo, antwortete der Junge, ohne ihn anzusehen.

Suchst du was?, fragte Pierre.

Die machen nie auf, sagte der Junge.

Willst du hier zur Schule gehen?, fragte Pierre.

Der Junge antwortete nicht.

Das ist eine Berufsschule, sagte Pierre, der Junge machte ihn neugierig.

Der Junge zuckte mit den Achseln.

Willst du in der Gastronomie arbeiten?, fragte Pierre.

Der Junge sah ihn an.

Ich bin von der Schule geflogen, sagte der Junge. Und bevor Pierre nachfragen konnte, fügte er hinzu: Ich habe einen Lehrer aus dem Fenster geschmissen.

Pierre öffnete den Mund.

Einfach so, sagte der Junge, als würde er auf eine Frage antworten. Zum Spaß. Einfach so. Er ist nicht tot, fügte er schnell hinzu. Ich habe »geschmissen« gesagt, aber ich habe ihn nicht wirklich geschmissen. Ich habe ihn aus dem Fenster gehalten, über den Abgrund. Mit einem Klassenkameraden. Das Fenster stand offen, ich habe ihn gepackt, und wir haben ihn aus dem Fenster gehalten, über den Abgrund, wiederholte er.

Wenn wir ihn losgelassen hätten, wäre er tot.

Er war mein Französischlehrer. Ich mochte ihn.

Einfach so, zum Spaß.

Sie haben gesagt, Schwere des Vergehens, es gibt Grenzen, das haben sie gesagt, sie haben es so gesagt, als würde ich es nicht verstehen, natürlich verstehe ich es.

Und jetzt?

Ich will mit niemandem reden.

Ich will nichts lernen, was denn lernen, wofür?

Mein letztes Praktikum war in einer Metzgerei, ich habe von morgens bis abends Salatsoßen gemacht, ich habe den Boden gefegt und Salatsoßen gemacht.

Es war ein Spiel. Als wir ihn uns geschnappt haben, mein Freund und ich, war das lustig, wir haben gelacht, wir konnten gar nicht mehr aufhören zu lachen, die anderen blieben sitzen und lachten auch.

Seht mal, was für eine Scheißangst der hat.

Ich dachte an nichts, das offene Fenster, das Lachen der anderen, der Abgrund, ihn aus dem Fenster schmeißen.

Das war kein schönes Gefühl, als er gesagt hatte, wir seien nicht gut genug, wenn Sie so weitermachen, wird das nichts mit dem Abitur, ich bin Franzose, wie kann ich da nicht gut in Französisch sein.

Der Direktor rief die Polizei. Der Lehrer wollte keine Anzeige erstatten. Aber wir sind von der Schule geflogen.

Jetzt warte ich.

Pierre wusste nicht, was er sagen sollte. Er schlug vor, im Luxembourg Basketball spielen zu gehen. Der Junge war einverstanden.

Pierre lief hoch zu Damien, erzählte es ihm, gemeinsam gingen sie wieder nach unten. Der Junge war weg.

Als Zoé am Donnerstagmorgen aufwachte, hatte sie Musik im Kopf. Sacha hatte zwei Karten für das Alice-Snow-Konzert ergattert, es war toll gewesen, die alten Songs neu interpretiert, man kannte sie und hörte sie doch wie zum ersten Mal. In ihren Träumen hatte Zoé die Lieder und Themen auseinander genommen und wieder zusammengefügt, Kindheit, es war Sommer, *Summertime*, die Welt war rund und prall, und da war jemand, den man nicht sehen konnte, er ist nur da, um sich um mich zu kümmern, *My baby just cares for me*, und ich bin so glücklich, *I'm just lucky so and so*, ich möchte von dir geliebt werden, nur von dir, *I wanna be loved by you, only you*, bleib hier, bleib wie du bist, mein Liebling, *My funny Valentine*, bleib.

You give me fever, du lässt mich fiebern, hörte Zoé beim Aufwachen, *What a lovely way to burn*, was für eine wunderbare Art zu brennen.

Fever war der aktuelle Hit, und Alice Snow hatte ihn ein zweites Mal als Zugabe gesungen, die Zuschauer waren aufgestanden, einige hatten getanzt, *Everybody gets the fever*, jeder wird vom Fieber angesteckt, *That is something you all know*, das wisst ihr alle ganz genau,

Fever's not such a new thing, das Fieber ist nichts Neues, *Fever started long ago*, das Fieber brach vor langer Zeit aus. Summend stieg Zoé aus dem Bett, zog sich an, räumte auf, trank einen schnellen Kaffee und ging aus dem Haus. Als Erstes wollte sie die CD kaufen, um sie Sacha zu schenken. In der Rue Jules-Chaplain sah sie, dass das Kinoprogramm gewechselt hatte, es wurden alte amerikanische Musicals gezeigt. Sie malte sich einige Szenen aus, hatte große Lust, noch einmal *Die Girls* und *Ein Amerikaner in Paris* zu sehen, überlegte, ob sie nicht Stepptanz lernen sollte, fragte sich, ob die Songs vom Vorabend und vor allem *My funny Valentine* eine gute Filmmusik abgeben würden, erinnerte sich an ihren Traum und bejahte die Frage, entwarf Choreografien, sah sich auf der Straße und dem Bürgersteig Pirouetten drehen und tanzen, auf einen Begrenzungsstein klettern und von einer Fensterbank springen, ihre Schuhe in die Luft werfen und sie wieder auffangen.

Sie erreichte die Kreuzung Montparnasse/Raspail, die ruhig und weit vor ihr lag. Es war noch früh, die Stadt war still.

Zoé wollte eigentlich in die Rue de Rennes, aber sie konnte nicht anders, sie machte einen Umweg durch die Rue Delambre.

Ein paar Mädchen standen vor Madame Migots Lebensmittelladen und unterhielten sich, Zoé beobachtete sie, schätzte ihr Alter und in welche Klasse sie gingen, träumte ein wenig vor sich hin, die Schule war noch nicht so weit weg, und dann wieder doch, sehr weit weg.

Ein Mädchen mit Brille und Zöpfen fiel ihr auf, und sie hörte, wie sie von Alice redete. Während sie versuchte, etwas zu verstehen, sah sie Monsieur Dupuis und lächelte ihm zu. Er erkannte sie, grüßte und kam näher. Sie wechselten ein paar Worte über das Wetter, es war sonnig, aber kühl, und Monsieur Dupuis, der bemerkt hatte, dass Zoé die Mädchen beobachtete, nickte und sagte:

Sie gehen auf das Gymnasium, ich kenne sie, sie stehen kurz vor dem Abitur.

Besonders fleißig sehen sie mir aber nicht aus, sagte Zoé grinsend, sie reden über das Konzert gestern Abend, das Konzert von Alice Snow.

Nein, sagte Monsieur Dupuis, Alice ist ihre Lehrerin, ihre Philosophielehrerin. Madame Martin. Die Schüler nennen sie Alice, schon immer, weil sie der Sängerin ähnlich sieht.

Ach so, sagte Zoé.

Damien und Pierre waren enttäuscht, dass der Junge weg war, sie gingen wieder zum Arbeiten nach oben, aber sie waren abgelenkt und redeten über ihn, sie fassten den vagen Plan, ihn wiederzufinden, aber wie, und warum überhaupt. Sie versuchten, sich seine Schule vorzustellen, die Klasse, den Freund, der mit ihm von der Schule geflogen war, aber sie stellten ihn sich vor allem sehr einsam vor. Pierre war der Ansicht, dass er irgendwo in der Banlieue im Süden von Paris zur Schule gegangen war, in Cachan, Bagneux oder Antony, er kannte die Atmosphäre, er hatte Freunde dort, und er fand, sie sollten hinfahren, um sich umzusehen.

Am nächsten Morgen ging es im Unterricht von Madame Martin hoch her, viele wollten etwas sagen, über die Vorträge von Monsieur Agostini und Mademoiselle Stein diskutieren, was verstehen die denn nun unter Freiheit, wir haben nichts kapiert. Madame Martin sagte lachend, zumindest habe das Streitgespräch diese Wirkung gehabt. Thomas wollte noch einmal auf die Geschichte zu sprechen kommen, den Totalitarismus, die Rolle des Individuums. Madame Martin las ihnen ein Zitat von Hannah Arendt vor, es ging um die

Deutschen, die im Nationalsozialismus Widerstand geleistet hatten, wie war das möglich gewesen, auf was hatten sie sich berufen. Sie hatten sich nicht auf Ideen oder Werte berufen, die waren rasch über Bord geworfen worden. »Nicht weil sie das Gebot ›Du sollst nicht töten‹ streng befolgt hätten, lehnten sie es ab zu morden, sondern eher deshalb, weil sie nicht willens waren, mit einem Mörder zusammenzuleben – mit sich selbst.«

Fragen über Fragen, der Markt, die Regulierung, ist der Konsument frei, hat er die Wahl. Flo, die in den Ferien eine Umfrage für eine Putzmittelfirma durchgeführt hatte, fragte sich, ob das richtig gewesen sei, ob sie damit nicht zur Entfremdung beigetragen habe, andererseits habe sie das Geld gebraucht.

Damien starrte aus dem Fenster, er wäre so gern draußen gewesen, laufen, sich verausgaben, Basketball spielen, vor allem nicht hier sein. Am Morgen war er lustlos aufgestanden, er hatte sich schlapp und schwach gefühlt, hilflos. Als er wie immer, bevor er aus dem Haus ging, einen Blick in den Spiegel geworfen hatte, hatte er gedacht, der Gedanke hatte ihn hinterrücks überfallen, aber er hatte ihn klar und deutlich gedacht, ich mag den Unterricht von Madame Martin nicht mehr. Der Gedanke hatte ihm den Atem verschlagen, ihn wie ein Fausthieb getroffen. Er war wie betäubt gewesen. Dann hatte er sich gesagt, wenn das so ist, wenn das so ist, immer wieder hatte er diesen Satz gesagt, aber er ging nicht weiter.

Sein Kopf war leer, gedankenleer, aber er riss sich von dem Fenster los, meldete sich, und als er drankam, sagte er unvermittelt, es gibt keine Freiheit. Niemand ist frei. Diese ganze Diskussion über Freiheit bringt nichts. Die einzige Freiheit, die es gibt, sagte Damien, ist die, dem Zufall zu folgen.

Wenn man dem Zufall folgt, sagte Damien, ist man nicht für seine Taten verantwortlich. Das ist Freiheit. Man ist frei, weil man keine Entscheidung getroffen hat.

Wie, was, wovon redest du, das sind mal wieder typische Damien-Ideen, Damien, du nervst, wir versuchen, eine ernsthafte Diskussion zu führen, und du redest Schwachsinn. Damien ließ nicht locker, er hatte wieder zu seinem üblichen gelassenen, leicht provozierenden Tonfall gefunden, man müsse den Zufall anerkennen, denn sonst, denn sonst, er erinnerte sich nicht mehr an den genauen Wortlaut, sonst sei man abergläubisch, sonst glaube man, alles habe einen Grund, eine Bestimmung.

Na gut, na gut, erwiderten die anderen, aber den Zufall anzuerkennen heißt noch lange nicht, zufällig zu handeln, wenn man handelt, tut man das aus bestimmten Gründen, selbst wenn man sich dessen nicht bewusst ist, selbst wenn man nicht weiß, warum man so gehandelt hat.

Damien, sagte Claudine mit ihrer zuckersüßen, nervtötenden Stimme, du bist immer auf der Suche nach einem Paradox, aber das reicht nicht.

Pierre erstarrte. Er hatte das Gefühl, Damien verrate ihr Geheimnis.

Zum Glück sagte Madame Martin, es bleibe leider nicht mehr viel Zeit, sie lächelte Claudine zu und sagte zu Damien, er solle seinen Gedanken ausführen, dann nahm sie jemand anderen dran.

Nach der Schule war Damien wieder in Hochform, angespornt, ausgelassen. Er sagte zu Pierre, natürlich habe niemand wissen können, wovon er sprach. Pierre war schon etwas ruhiger, weil Madame Martin nicht reagiert hatte, na ja, sagte Damien, woher soll sie auch wissen, was ich gemeint habe, vergiss es.

Ausnahmsweise brachte Damien Pierre nach Hause, erst betraten sie den Laden, Anna bot ihnen eine Tasse Tee an, Sarah begrüßte Damien hocherfreut und erzählte ihnen von dem Film, den sie am Abend zuvor gesehen hatte.

Damien lief die Treppe hoch, sagte Élie guten Tag, lieh sich ein Physikbuch von Pierre und ging gut gelaunt nach Hause.

Als Damien gegangen war, setzte Pierre sich zu seinem Großvater. Sie sahen fern, eine Dokumentation über Island, Pierre kommentierte die Sendung und erzählte Élie, was er über die Länder im hohen Norden und über den Walfang gelernt hatte, er wusste, dass sein Großvater das gern hatte, und Élie hörte ihm lächelnd zu.

Nach einer Weile beschlich Pierre ein Gefühl der Beklemmung. Die weiße, schneeweiße Landschaft, das gefrorene Meer, er ertrug es nicht mehr. Dann dachte er, und die Stille. Die schneeweiße Landschaft und das Schweigen des Großvaters spiegelten sich gegenseitig, summierten sich, es war zu viel. Eine Weile versuchte er noch, mit Élie fernzusehen, aber die Angst stieg in ihm hoch, schnürte ihm die Kehle zu. Er gab seinem Großvater einen Kuss und ging zu Sarah in die Küche, die dabei war, das Abendessen zu kochen.

Pierre setzte sich ihr gegenüber, fing an, eine Kartoffel zu schälen, und hielt inne.

Warum spricht Großvater nicht?, fragte Pierre. Seit wann spricht er nicht? Woran denkt er?, fragte Pierre.

Nicht im Geringsten überrascht, zuckte Sarah mit den Achseln.

Dein Großvater spricht nicht, sagte Sarah, weil er nicht aussprechen will, was er denkt.

Und das ist auch besser so, sagte Sarah.

Sobald Sarah den Mund aufgemacht hatte, hatte Pierre gewusst, was sie sagen würde. Er hatte es gewusst, aber anstatt ihn zu beruhigen, jagte ihm das Wissen, die Gewissheit, dass sie genau das sagen würde, Angst ein. Ihm wurde bewusst, dass er die Antwort auf seine Fragen immer gekannt hatte, dass sie auf der Hand lag, dass er es immer gewusst hatte.

Ich wünschte, er würde sprechen, sagte Pierre, er hatte den Eindruck, nicht mit seiner eigenen Stimme zu reden, er versuchte, etwas zu sagen, aber die Worte klangen falsch.

Sarah sah ihn an, ihr war die tonlose Stimme, der seltsam abwesende Tonfall aufgefallen, und sie sagte ruhig:

Was würde das ändern? »Tötet sie, vernichtet sie.« Nur um das zu sagen, nur um das den ganzen Tag lang zu sagen … Das würde nichts ändern, sagte Sarah.

Sarahs Worte hatten eine unerwartete Wirkung auf Pierre. Mit einem Mal war er furchtbar traurig, umhüllt von einem Schleier der Traurigkeit, verborgen, abgeschnitten von der Welt. Einsam, verlassen. Im Exil, fremd, wie Élie. Vielleicht würde auch er nicht mehr sprechen, vielleicht würde auch ihm das Sprechen unmöglich werden, vielleicht sprach er längst keine verständliche Sprache mehr, er sprach eine unbekannte Sprache. Er stand auf. Sarahs Blick ließ ihn nicht los, sie sagte, sei nicht traurig, mein kleiner Pierre, sei nicht traurig. Fast hätte Pierre losgeheult. Er schüttelte den Kopf, ging ins Wohnzimmer und setzte sich wieder neben seinen Großvater. Er saß eine ganze Weile neben ihm vor dem Fernseher, hielt seine Hand, nichts sehen, nichts hören, nichts sagen.

Damien. Er lernte, bereitete sich auf den Unterricht vor, kam ein bisschen voran und aß mit seinem Vater zu Abend, Rosine war ausgegangen und hatte ihnen das Essen hingestellt, eine ihrer Spezialitäten, Meeresfrüchtesalat als Vorspeise, Lammkeule mit Kartoffelauflauf und selbst gemachter Obstkuchen, Marcels Lieblingsnachtisch. Damien unterhielt sich mit seinem Vater über Physik, Marcel stellte seinem Sohn ein paar Fragen zu den Abiturprüfungen, ein ruhiger, entspannter Abend. Danach beschlossen sie, sich gemeinsam die Wiederholung von *Rio Bravo* anzusehen, Marcel liebte Western. Sie hatten den Anfang verpasst, aber das machte nichts, sie hatten den Film beide schon mehrmals gesehen.

Als der Film zu Ende war, streckte sich Marcel und sagte mit leuchtenden Augen, das war einer seiner typischen Sätze, ach, wäre das Leben doch nur wie im Film, dann gingen sie ins Bett, Marcel mit einer Akte, Damien mit dem Kopf voller Pferde, staubiger Straßen, die wie geschaffen waren für einen Hinterhalt, auf- und zuschlagender Saloontüren und Frauen in aufreizenden Spitzenhöschen.

Er schlief auf der Stelle ein, wachte aber auf, als seine Mutter nach Hause kam, spät, er hörte sie kommen, sehr spät, Damien sah auf die Uhr, es war nach zwei Uhr morgens. Er hörte, wie die Haustür leise zugezogen wurde, Geräusche im Badezimmer, das Summen seiner Mutter, es war *Fever*, sie summte leise, aber Damien hörte es trotzdem.

Mit übermenschlicher Anstrengung zog Damien sich das Kissen über den Kopf, und es gelang ihm, wieder einzuschlafen. Am nächsten Tag begegnete er Rosine in der Küche, er sagte nicht Guten Morgen, redete kein Wort mit ihr und ging ohne Frühstück aus dem Haus.

In der Schule war er unausstehlich und setzte die Physikklausur in den Sand. Er hatte es besonders auf Claudine abgesehen und machte sich den ganzen Tag über sie lustig. Abends schlug Pierre vor, in den Jardin du Luxembourg zu gehen, er wollte mit ihm über Élie reden, aber als sie dort ankamen, stellte Damien seine Tasche ab und rannte rannte rannte. Pierre folgte ihm, sie sprinteten drei Runden, und als sie den Park verließen, waren sie fix und fertig. An der Kreuzung trennten sie sich und gingen nach Hause, jeder in seine Richtung. Pierre unterhielt sich eine Weile mit Joëlle, die ihm den Klatsch und Tratsch aus ihrer Klasse erzählte, und half ihr bei den Französischhausaufgaben. Damien hatte sich etwas beruhigt, doch er aß nicht zu Abend und sprach nicht mit seiner Mutter. Pierre schlief über einem alten Comic ein, Damien über einer Matheaufgabe.

Am Samstag trafen Damien und Pierre sich zum Arbeiten bei Damien, sie hatten in der folgenden Woche mehrere Klausuren, ein volles Wochenende.

Pierre dachte immer noch an seinen Großvater, die Traurigkeit war nicht verschwunden, aber sie war jetzt konturloser, weniger heftig. Er hatte von einem imaginären Land geträumt, einem fiktiven Polen, und von dem Ewigen Juden, das war der Titel eines der Bücher, die sein Vater ihm geschenkt hatte und die er immer noch nicht gelesen hatte. Er dachte an Sarahs Worte, sie waren da, sie schienen immer noch auf der Hand zu liegen, sie machten ihn immer noch traurig, aber er wusste nichts mit ihnen anzufangen. Er hätte gern mit Damien darüber geredet, aber Damien wollte nichts davon hören, er wollte überhaupt nicht reden, er wollte nur eins, lernen.

Am Nachmittag machten sie eine Pause, gingen raus auf den Balkon und sahen hinunter auf die Straße. Da war der Junge wieder, er stand vor der Baustelle.

Sie rannten die Treppe hinunter.

Na, sagte Pierre.

Na was, sagte der Junge, er sah wütend aus.

Dann entspannte er sich.

Er wohnte in Bagneux. Er hatte eine Schwester, Yannick, mit der er sich gut verstand. Sein Freund hieß Ahmed. Er war Yves.

Ich bin Franzose, ich heiße Yves, sagte Yves.

Mein Vater ist arbeitslos. Früher war er Elektriker, aber die Firma hat Pleite gemacht, und er hat keine Arbeit mehr gefunden. Obwohl er noch nicht alt ist. Er ist frustriert, er redet nicht mehr. Mich macht das krank. Früher haben wir viel geredet, wir sind auf dem Friedhof spazieren gegangen, in Bagneux gibt es einen schönen Friedhof, mit Bäumen, jetzt will er nichts mehr, nicht reden und nicht spazieren gehen. Mir ist langweilig.

Manchmal kommt mein Vater mit mir in das Café von Ahmeds Cousin. Da gefällt es ihm, er sagt, da läuft gute Musik.

Der Lehrer hat den gleichen Vornamen wie ich. Er heißt Yves, wie ich. Yves Laplace. Monsieur Laplace. Yves. Ich habe oft darüber nachgedacht, ich habe gedacht, wie lustig, wir haben den gleichen Vornamen. Das hat mich fasziniert.

Als ich ihn aus dem Fenster gehalten habe, über den Abgrund, habe ich gelacht, ich habe mit den anderen gelacht, aber insgeheim, das weiß nur ich, keiner konnte es wissen, aber ich weiß es, insgeheim habe ich gedacht, ich schmeiß dich aus dem Fenster, Yves.

Ich schmeiß dich aus dem Fenster, Yves.

Ich habe es niemandem erzählt, nicht mal Yannick.

Wir mochten den Lehrer. Ich mochte ihn. Manchmal hat er Wörter benutzt, die wir nicht verstanden, das war ein komisches Gefühl. Wir haben uns nicht geschämt, das nicht, aber es war ein komisches Gefühl. Ich kann das nicht erklären. Es hat mich wütend gemacht, und ich hatte den Eindruck, er macht sich über uns lustig. Ich lerne nicht gern aus Büchern. Yannick ja, schon immer. Von Monsieur Laplace habe ich etwas gelernt. Zeichensetzung. Die Punkte, die Kommas. Er hat gesagt, die Zeichensetzung folgt einer Logik. Und das stimmt. Ich habe es verstanden, das hat mir gefallen. Die Zeichensetzung folgt einer Logik.

Es tut mir Leid, tut mir Leid, tut mir Leid.

Yves war älter als Damien, neunzehn. Pierre fragte ihn, ob er sich für Philosophie interessiere, aber zu ihrer Verwunderung sagte er, dass er noch nie Philosophieunterricht gehabt habe. Als er die Fachrichtungen seiner Schule aufzählte, wuchs ihre Verwunderung, »Fertigungstechnik«, »Elektrotechnik«, »Marketing«.

Pierre brachte ihn zum Reden. Er fragte sich, was sie miteinander anfangen konnten. Yves wartete vor allem darauf, dass die Berufsschule aufmachte, man hatte ihm gesagt, er könne vielleicht dort hingehen, ihm war furchtbar langweilig.

Damien hörte zu, aber nach einer Weile wurde er ungeduldig, er brauchte eine Idee, einen Plan, Yves machte ihn nervös, iritierte ihn. Er ging wieder zum Arbeiten nach oben.

Pierre blieb noch etwas bei Yves, er interessierte ihn, das Gespräch beruhigte ihn sogar. Sie tauschten Telefonnummern aus. Dann ging Pierre hoch zu Damien, und sie arbeiteten bis zum Abend.

Als am Sonntagmorgen der Wecker klingelte, war Damien immer noch in einem Traum gefangen, einem langsamen, unangenehmen Traum. Er ist mit Yves in der Rue Delambre verabredet. Er steigt die Treppe hoch, die einzelnen Stockwerke, und drückt auf die Klingel. Der Junge reißt die Tür so plötzlich auf, dass Damien zusammenzuckt, und sagt zu ihm, einen Moment, ich bin noch nicht fertig. Damien will nicht, aber er geht hinein, er lehnt sich an den Türrahmen, er sieht dem Jungen zu und wartet. Der Junge fegt den Boden, er hat einen Besen und eine Schaufel, er fegt den Staub zusammen, er schüttelt Papiere, Zeitungen, Kleidungsstücke, Lumpen aus, er schafft Ordnung, räumt auf, schichtet alles säuberlich zu Stapeln auf. Darunter ist die Frau.

Als Damien sieht, dass die Frau zum Vorschein kommt, schlägt er die Augen auf. Ein paar Sekunden lang stand ihm die Frau noch vor Augen, Damien betrachtete sie stirnrunzelnd, bis sie verschwand. Dann ballte er die Faust, boxte in das Kopfkissen und sagte wutentbrannt, Schlampe, Hure. Er starrte lange Zeit auf seine Faust in dem Kopfkissen, ohne einen Gedanken, dann stand er auf, duschte, trank einen Kaffee und begann zu lernen. Um ein Uhr traf er sich wie immer mit seinem Großvater in der Konditorei, um einen Kuchen auszusuchen.

Beim Mittagessen war er so gemein zu seiner Mutter, dass sie weinend aus dem Zimmer lief. Marcel sagte, Damien, dass du müde bist, ist keine Ausrede, geh dich bei ihr entschuldigen, Damien zuckte mit den Achseln und schloss sich in seinem Zimmer ein. Sein Großvater kam ihn holen und sagte, ich geh jetzt, bring mich nach Hause.

Zuerst gingen sie schweigend nebeneinanderher. René sah seinen Enkel nicht an, er sah starr geradeaus. Nach einer Weile blieb er stehen und sagte, immer noch ohne Damien anzusehen:

Als ich so alt war wie du, respektierte ich meine Eltern.

Er fügte hinzu:

Ich bin bekümmert. Ich schätze deine Mutter sehr.

Damiens Zorn war verraucht, er war unglücklich, er hatte das Gefühl, von einer Welle überrollt zu werden, und er ertrank, ertrank. Er hasste sich selbst, und er hasste die Missbilligung seines Großvaters.

Er sagte:

Ich weiß nicht, was in mich gefahren ist. Ehrlich, ich weiß es nicht.

Als ich so alt war wie du, sagte Damien kopfschüttelnd. Als ich so alt war wie du. Ich wüsste gerne, wie du warst, als du so alt warst wie ich, wie du warst, was du getan hast, wovon du geträumt hast. Er hatte geredet, ohne nachzudenken, aber sobald er die Worte ausgesprochen hatte, sah er sich selbst, Damien, und er sah seinen Traum.

Ich respektierte meine Eltern, wiederholte René und diesmal sah er Damien an.

Schweigend gingen sie ein paar Schritte.

Dann sagte René:

Ich weiß, dass es nicht leicht ist, jung zu sein, aber das ist kein Grund … Er hob die Arme zum Himmel.

Damien sah ihn an, sie lächelten sich fast zu, mit den Augen. Damien sagte:

Erzähl mir, wie es für dich war.

Er wollte es tatsächlich wissen, alles wissen, er spürte ein großes Verlangen nach diesem Wissen, es war etwas Körperliches, Dringendes. Das Leben seines Großvaters zu kennen war wie ein Floß, ein Rettungsanker. Sich daran festklammern.

In deinem Alter, sagte René, verdiente ich mein erstes eigenes Geld. Wie du weißt, lebte ich in der Provinz, und das gefiel mir überhaupt nicht. Ich habe dir von dem Lebensmittelladen meines Vaters erzählt. Es waren schwere Zeiten, der Krieg, die Besatzung, die Entbehrungen … Du kannst dir das nicht vorstellen …

Erzähl es mir, beharrte Damien.

René erzählte von seinen Anfängen, Clermont-Ferrand, den Laufbahnprüfungen, der Verwaltungsarbeit. Dem Einzelhandel entfliehen. Vom Krieg, von den Deutschen.

Tagaus, tagein im Laden stehen, Wechselgeld zählen, abwiegen, rechnen. Mein Vater trug einen grauen Kittel, er redete nur vom Zuckerpreis, vom Salzpreis …, von den Endivien … Mir war klar, dass ich einen guten

Schulabschluss brauchte, um fortzugehen. Meine Mutter hat mich unterstützt.

Während er sprach, sah Damien Straßen mit Kopfsteinpflaster, niedrige Häuser, kleine Läden mit einem Glöckchen, das bimmelt, wenn man die Tür öffnet, Frauen mit Schürze, Männer mit Baskenmütze. Streunende Hunde.

Fenster mit Geranien.

Die Bäckerei. Die Metzgerei, ihre rosafarbenen und weißen Kacheln.

Aber auch große Gutshäuser hinter schmiedeeisernen Toren. Dort gab es immer noch einen Monsieur le Comte, eine Madame la Comtesse.

Pfarrer in Soutane.

Jungenschule, Mädchenschule.

Damien fragte sich, wo René zur Schule gegangen war, was er im Unterricht gelernt hatte. Was in den Klassenarbeiten abgefragt worden war.

Und Straßen, die sich in den Feldern verloren. Ein Gemisch aus Stadt und Land, graue Steinhäuser, durch dichte Hecken abgeschirmt, das offene, weite Land, die braune Erde.

Der ländliche Himmel.

Fahrräder.

Schulkittel.

Damien hörte zu und konnte es sehen, auch wenn das Bild zeitlos blieb, verschwommen, vieles kannte er, anderes malte er sich aus.

Inzwischen waren sie in der Rue de Rennes angekommen. Damien folgte seinem Großvater nach oben, René holte Fotos hervor.

Damien sah sich die Fotos an, die meisten kannte er, doch er betrachtete sie, als sähe er sie zum ersten Mal, er spürte immer noch diese Dringlichkeit, wissen, erfahren, er stellte Fragen, wollte Einzelheiten hören, wie war das damals, was hast du gemacht.

Er musste nach Hause gehen, lernen. René sagte, sie würden ein anderes Mal weitermachen. Aber, sagte René, wenn du nach Hause kommst, entschuldigst du dich bei deiner Mutter.

Damien versprach es.

Mit seinem Großvater zu sprechen hatte ihn beruhigt, ihn zurück auf den Boden der Tatsachen geholt. Damien hatte keine Angst vor der Polizei, er glaubte nicht eine Sekunde lang, dass man sie erwischen würde, ihn und Pierre, aber ohne es sich einzugestehen, spürte er, dass er Angst hatte zu träumen, seine Träume verstörten, erschütterten ihn.

Er entschuldigte sich bei Rosine und bat sie, ihm mit Englisch zu helfen, er wusste, dass er ihr damit eine Freude machte. Sie übten eine Weile gemeinsam, Aussprache, Vokabeln, Grammatik, sie amüsierten sich mit den Texten, dann lernte Damien allein weiter, nachmittags rief er bei Pierre an. Pierre war nicht da, er war nicht zu erreichen. Damien spürte, wie ihn erneut die Unruhe befiel, er ging auf die Straße und umrundete ein paar Mal die Place Denfert-Rochereau. Der Himmel war weit und blau, unermesslich, und Damien spürte eine wachsende Beklemmung, er hatte das Gefühl, erdrückt zu werden, klein und unbedeutend zu sein. Er ging die Avenue de l'Observatoire hinunter und dachte wie so oft, dass er gerne das Observatorium besichtigen und sich die großen Teleskope und die Sterne ansehen würde. Plötzlich dachte er, ich bin mitten im Universum verloren. Der Satz überraschte ihn, dann fand er ihn lächerlich, er machte sich über sich selbst lustig, aber er wurde die Worte nicht mehr los, er spürte den Satz wie ein greifbares Gefühl. Gab es einen Zusammenhang zwischen dem Satz und dem, was er getan hatte? Brachte er ihn mit der Frau aus der Rue Delambre in Verbindung? Nein, überhaupt nicht. Er fühlte sich verloren, er hing über dem Abgrund, dem Nichts. Er kehrte zur Place Denfert-Rochereau zurück und wollte gerade nach Hause gehen, als er Pierre sah, der aus dem Bahnhof der R. E. R. trat, er war bei Yves gewesen.

Wie war's?, fragte Damien.

Pierre zuckte mit den Achseln, er sah wütend aus.

Damien dachte, er sieht genauso wütend aus wie Yves, als wir ihn getroffen haben.

Alles klar?, fragte Damien.

Pierre sagte, geht so.

Es ist so traurig, fügte er hinzu. Bei ihm zu Hause, meine ich. Sein Vater ist arbeitslos.

Ich weiß, sagte Damien. Er hat es uns erzählt.

Er redet von nichts anderem, sagte Pierre. Von der Jobsuche, von den Bewerbungen.

Yves hat sich gefreut, mich zu sehen. Wir sind in das Café von Ahmeds Cousin gegangen. Aber …

Aber?, fragte Damien.

Pierre schüttelte den Kopf und schwieg.

Wortlos gingen sie den Boulevard Raspail hinunter, Damien begleitete Pierre bis vor die Haustür. In der Rue Huyghens konnte Damien plötzlich den Gedanken nicht ertragen, allein zu sein, und er fragte Pierre, willst du nicht bei mir übernachten? Pierre ging hoch und holte seine Sachen. Sie aßen in Damiens Zimmer zu Abend und arbeiteten bis spät in die Nacht.

Was die Polizei anging, behielt Damien Recht, die Polizei hatte keine Spur, vielleicht war der Fall nicht interessant genug. Der Gedanke kam Zoé, als sie noch einmal mit Monsieur Dupuis redete, sie war in der Rue Delambre vorbeigegangen, er war da gewesen, sie hatten sich gegrüßt und waren ins Gespräch gekommen. Monsieur Dupuis hatte noch einmal den Mord angesprochen, »die rühren keinen Finger« lautete seine Theorie, er hatte sowieso kein Vertrauen in die Polizei, er war eher Anarchist, »wenn Sie es genau wissen wollen«, er misstraute dem Staat. Doch Zoé gab die Hoffnung nicht auf. Die ermordete Frau aus der Rue Delambre sah der Sängerin Alice Snow ähnlich, und die Schüler des Gymnasiums nannten ihre Philosophielehrerin Alice, weil auch sie der Sängerin ähnlich sah: Zoé war der Ansicht, dass das kein Zufall war, es hatte eine Bedeutung, es war ein Zeichen.

Eines Nachmittags war Zoé auf dem Weg zu Sacha vor einem Teeladen stehen geblieben, der russische Tee war im Sonderangebot gewesen. Draußen neben dem Laden lehnte eine Frau an der Wand und rauchte, sie raucht verbissen, dachte Zoé. Zoé hatte den Laden betreten, sich umgesehen, es roch gut, überall standen große bunte Teedosen herum, Plätzchen, Teekannen aus Ton oder Porzellan, chinesische, japanische, russische, englische Formen. Längliche, runde … Eine alte Frau hantierte hinter der Ladentheke, und als Zoé Guten Tag sagte, drehte sie sich um und lächelte.

Zoé hatte sich genauer umgesehen, der Laden war voll gestellt, hinten standen Holzkisten und zwei übereinander gestapelte Koffer. Zoé fiel ein Plakat auf, »Die Tees von Sarah Lévy bringen Sie in Schwung«, und eine gerahmte Stickerei: »Wenn ich nicht für mich bin, wer ist dann für mich? Wenn ich nur für mich bin, wer bin ich dann?« Darunter stand: Hillel.

Wer ist das?, hatte Zoé neugierig gefragt.

Ein jüdischer Philosoph, hatte die alte Frau geantwortet, ein Philosoph der alten Zeit. Schön, nicht? Mein Enkel interessiert sich sehr für Philosophie. Sie fügte hinzu: Ich interessiere mich auch für Philosophie.

Geht er hier auf das Gymnasium?, hatte Zoé gefragt.

Ja, antwortete die alte Frau. Es ist eine gute Schule. Sie haben eine sehr gute Lehrerin.

Ist nicht eine Straße weiter ein Mord geschehen?, hatte Zoé gefragt, die Frage war ihr einfach entschlüpft, sie hatte sie nicht zurückhalten können. Sogleich fügte sie hinzu, aber ich habe gehört, dass es keiner von hier war.

Die alte Frau verzog das Gesicht. Dann sagte sie, das ist einer dieser Sätze …

Die rauchende Frau hatte den Laden betreten. Sie sagte:

Das kennt man ja zur Genüge von den Franzosen … Sie selbst waren es nie.

Ach Anna, sagte die alte Frau.

Sag nicht, ach Anna, antwortete Anna gereizt. Ich weiß, wovon ich spreche. Als wüsstest du es nicht besser als ich.

Zoé schoss der Gedanke durch den Kopf, sie ist verrückt vor Wut, verrückt. Das war keine Redensart, das war eine Tatsache.

Sie hatte russischen Tee gekauft, chinesischen Tee, eine kleine Teedose für Sacha und war gegangen.

Am Montagmorgen standen Damien und Pierre zusammen auf und machten sich verschlafen auf den Weg zur Schule. Damien hatte nichts geträumt, jedenfalls konnte er sich an nichts erinnern, Pierre schon, er hatte von seinem Großvater und von dem Friedhof in Bagneux geträumt, obwohl er ihn nicht kannte, er war mit Yves nicht dort gewesen, aber in seinem Traum hatte der Friedhof von Bagneux wie der Friedhof von Montparnasse ausgesehen, oder vielleicht hatte Bagneux wie ein Friedhof ausgesehen, und in seinem Traum war auch Yves vorgekommen, alles durcheinander. Den ganzen Tag hatten sie keine Zeit, über irgendetwas nachzudenken, Englischklausur, Geschichtsklausur, Anspannung, Konzentration, Müdigkeit, die Stunden vergingen, und im Nu war der Tag vorbei. Nach der Schule gingen sie die Rue Bréa hinunter zum Jardin du Luxembourg, sie waren voll gestopft mit englischen Vokabeln und historischen Daten, Ereignissen und Namen. Damien hatte das Gefühl, erst vor kurzem aufgestanden zu sein, als hätte er die Klausuren noch im Schlaf geschrieben und wäre gerade erst aus dem Bett gefallen, direkt auf die Straße. Als sie an dem Dessousgeschäft in der Rue Bréa vorbeikamen, wurde er langsamer und blieb stehen, um sich die Fotos anzusehen. Pierre betrachtete die Sonnenbrillen im Geschäft nebenan und Damien ließ sich Zeit, er musterte die Modelle, Höschen, Büstenhalter, Nachthemden, die Spitzenwäsche in den unterschiedlichen Formen und Farben. Er wollte all die Frauen auf den Fotos kennen lernen, sie kennen lernen und streicheln, ihre Haut berühren, ihre Körper spüren. Er warf einen Blick in den Ladenraum, inmitten der Unterröcke und Baumwollsachen zeigte eine junge, sehr hübsche Verkäuferin einer Kundin diverse Modelle. Die Kundin drehte sich um, es war die Frau aus der Rue Delambre. Damien schreckte zurück und rief mit panischer Stimme, nein. Die Frau sah ihn ruhig an, sie hatte ihn nicht gehört, sie hatte wahrscheinlich nur etwas gespürt, ein Geräusch, eine Bewegung. Damien sah große, weit geöffnete Augen, die ihn ansahen, bevor er zurückwich und dem Geschäft den Rücken kehrte. Pierre allerdings hatte ihn gehört, er fragte, was ist los? Damien lief weiter, er war ganz sicher, dass er sie gesehen hatte, dann, beim Laufen, schon weniger. Er sah Pierre an, Pierre schwieg. Damien sagte, ich wette, du traust dich nicht, in das Dessousgeschäft zu gehen. Pierre lachte und sagte, wart's ab, er machte kehrt, lief zurück und betrat das Geschäft. Damien wartete, das Herz schlug ihm bis zum Hals, nicht nur das, er hatte das Gefühl, das Herz würde ihm in der Brust explodieren. Mit einem breiten Grinsen kam Pierre wieder heraus und schwenkte einen Prospekt mit Fotos. Da waren nur die Verkäuferin und eine Kundin, sagte Pierre, ich habe gesagt, ich möchte meiner Schwester ein Geschenk machen, die beiden haben mich angesehen, sie haben mir nicht geglaubt, sagte Pierre, aber die Verkäuferin hat mir das hier gegeben.

Damien sagte, komm, lass uns rennen. Nieder mit den Frauen, sagte Damien und rannte los.

Abends war Damien nett, sehr nett, zu nett zu seiner Mutter, fast hätte sie sich Sorgen gemacht und gefragt, ob er krank sei. Er arbeitete eine Weile, aß mit Rosine zu Abend, sah sich mit ihr eine idiotische Fernsehsendung an und ging ins Bett. Pierre unterhielt sich mit Joëlle, natürlich gab er ihr den Prospekt mit den Dessous nicht, er behielt ihn für sich, dann fragte er sie englische Vokabeln ab. Beim Abendessen erzählte die Großmutter ihnen von dem *Großen Diktator*, sie hatte den Film am Nachmittag gesehen, gekonnt imitierte sie Chaplins Darstellung von Hitler, der am Rednerpult steht und sich an die Massen wendet, der zetert und pöbelt und ein Gemisch aus erfundenen Wörtern und echten Lauten hervorstößt, so dass selbst das Mikro entsetzt zurückweicht. Die ganze Familie bog sich vor Lachen, selbst Élie lächelte, Pierre beobachtete seinen Großvater und fühlte sich glücklich, erleichtert.

Am Dienstag dachte Damien während des Unterrichts die ganze Zeit an Madame Martin, er sah sie an, er hörte nicht richtig zu, er sah sie mit einem neuen Gefühl an, mit zärtlicher Liebe, mit Zärtlichkeit. Sonst empfand er ihr gegenüber Bewunderung, Aggressivität, er wollte sie beeindrucken, verführen, aber jetzt nicht mehr, nein, ihm war zärtlich und sanft zumute, weich, und vage, schwebend. Er fand sie wunderbar. Sie ist wunderbar, dachte Damien, der noch nie mit diesem Wort an Madame Martin gedacht hatte. Als sie das Klassenzimmer verließen, sagte er zu Pierre, sie ist wunderbar. Pierre sah ihn erstaunt an, so etwas zu sagen war nicht Damiens Art, und plötzlich, weil Pierre so erstaunt aussah, überfiel Damien von Neuem die Angst, als wäre er schutzlos und verletzlich, weil er diese zärtliche Liebe empfand.

Tatsächlich erkannte Damien sich selbst nicht wieder, er hatte das Gefühl, verändert zu sein, erschüttert, er drohte ständig, den Halt zu verlieren, wie auf einem schwankenden Schiff. Als er morgens in den Spiegel gesehen hatte, hatte er sich die Frage gestellt, zunächst ganz leise, dann immer lauter, und was jetzt, Damien Durand, was jetzt? Mit Pierre konnte er nicht reden. Pierre war zu nah. Sehen, wie sich seine eigene Unruhe auf Pierres Gesicht spiegelte, nein, das wollte Damien auf keinen Fall. Und was jetzt? Verstört wie er war, fühlte Damien sich klein, sehr klein, ein Niemand, er sehnte sich nach einer Zuflucht, nicht nach seinem Vater, auch nicht nach seiner Mutter, aber, und das war ein fast körperliches Bedürfnis: Er wollte seinen Großvater sehen, ihn sehen und bei ihm sein, Sicherheit, Stabilität, Trost.

Und Pierre? Pierre dachte ebenso wenig wie Damien an die Rue Delambre, seine Tat war in ein Loch gefallen, die Frau verschwunden, aber er fühlte sich nicht einsam, verloren wie Damien, nein, bei ihm war es anders. Er zerbrach sich den Kopf über Yves, wie er zu Damien sagte, er machte sich Gedanken um Yves, Gedanken und Sorgen, er dachte an nichts anderes, er fragte sich die ganze Zeit, was kann ich tun, wie kann ich ihm helfen, doch ihm fiel nichts ein, das entmutigte ihn, nervte ihn, machte ihn zugleich wütend und traurig. Nach der Schule rief er Yves an und beschloss, am folgenden Nachmittag noch einmal nach Bagneux zu fahren und ihn zu besuchen. Er fragte Damien, ob er mitkommen wolle, Damien verneinte, er würde bei seinem Großvater zu Mittag essen.

Pierre nahm die Regionalbahn R. E. R, stieg in Bagneux aus und ging den Rest zu Fuß, er hatte keine Lust, auf den Bus zu warten. Das letzte Mal hatte er mit Yves zwanzig Minuten lang gewartet. Yves hatte gesagt, hier fährt nie ein Bus. Und er hatte hinzugefügt, wenn man wartet, tut man nichts anderes, nur warten, und Pierre hatte an Yves Vater gedacht, der auf einen Job wartete, Bagneux und Warten schienen zusammenzugehören. Pierre ließ den Bahnhof hinter sich und kam am Friedhof vorbei, links die Bäume, rechts die Marmorsteine in den Schaufenstern und die Blumen, dann durchquerte er ein Neubaugebiet, lächerlich, das konnte man nicht anders sagen, eine öde Gegend mit kitschig verschnörkelten Straßenlaternen, auf alt gemacht und goldfarben angestrichen, sind wir hier in der Oper oder was, dachte Pierre, das sieht aus wie eine Theaterkulisse. Yves wohnte ein Stück weiter, in einer kleinen, altmodischen Straße mit drei- oder vierstöckigen Häusern, hier ist es ruhig, hatte Yves gesagt. Es war tatsächlich sehr ruhig, die Autos rauschten in der Ferne vorbei, nur ab und zu war ein Geräusch zu hören, schwach, gedämpft. Als Pierre ankam, lief der Fernseher, Yves und sein Vater saßen davor, der Vater las eine Zeitschrift, und Yves versuchte, seinen Walkman zu reparieren. Die Mutter war nicht zu Hause, sie arbeitete als Kassiererin in einem Supermarkt in der Nähe. Nebenan machte Yannick Hausaufgaben, sie kam herüber und begrüßte Pierre. Pierre fand, dass sie Joëlle ähnelte, er fragte sie, was sie so machte, und unterhielt sich mit ihr über die Schule. Aber bald überkam ihn ein Gefühl der Beklemmung, er drohte in der Ruhe und dem Schweigen zu ertrinken, Yannick war zu ihren Hausaufgaben zurückgekehrt, Yves' Vater war eingeschlafen, und Yves werkelte immer noch an dem Walkman herum. Niemand sagte ein Wort. Pierre wusste nichts mit sich anzufangen, ein Gefühl, als wäre er in einem Krankenzimmer, und zugleich das Bedürfnis zu schreien. Irgendwann sagte Yves, komm, wir gehen raus. Sie gingen in das Café von Ahmeds Cousin. Stimmung, Lärm, Lachen und Musik, Pierre entspannte sich, aber auf dem Rückweg in der Bahn bedrückte ihn der Gedanke an das Schweigen erneut, Bagneux war wie ein Schatten, ein an die Wand geworfenes Bild, bleiern und leer, eine Mauer des Schweigens.

Damien hatte seinen Großvater am Dienstagabend angerufen, und sie hatten sich für den nächsten Tag verabredet, Damien würde direkt nach der Schule zu ihm kommen, sie würden zusammen zu Mittag essen, und dann würde Damien zum Arbeiten nach Hause gehen.

Sobald er in der Rue de Rennes war, ging es Damien gut. Die breite, vertraute Straße, der weite Himmel darüber, das solide Haus, die Steinblöcke, die Haustür, der Aufzug. Als er die Wohnung betrat, atmete Damien den vertrauten Geruch ein, gedankenverloren ging er von Zimmer zu Zimmer und betrachtete jedes Möbelstück, den großen Flurschrank, die Anrichte im Esszimmer, den klotzigen alten Kühlschrank in der Küche. Er erinnerte sich an seine Großmutter Simone und war glücklich, weil er sich an sie erinnerte, er fühlte sich geborgen, er war zu Hause. Wie gewohnt deckte er den Tisch im Esszimmer, Teller und Gläser, er holte die Serviettenringe hervor und half seinem Großvater in der Küche.

René hatte Fleisch gebraten und Salat gemacht, »wer mit dem Kopf arbeitet, sollte nichts Schweres essen«, Damien saß seinem Großvater gegenüber und sah ihn an, die Gesichtszüge und die Statur, er lauschte seiner Stimme, der Eigenart seiner Stimme, er nahm alles wahr, alles war wichtig, die Worte und der Tonfall, der schmale Ehering aus Gold und die Krawatte, und auch die Tatsache, dass sein Großvater immer eine Krawatte trug, immer eine Tischdecke auflegte und Obst immer mit Messer und Gabel aß.

Damien lief ein paar Mal entspannt zwischen Küche und Esszimmer hin und her, er brachte das Brot, er sah sich, ohne richtig hinzusehen, die Sammlung Messerbänkchen an, die in der eleganten Glasvitrine ausgestellt und der Stolz seiner Großmutter gewesen sei. Ihm fiel ein, was sein Großvater über die Esskultur zu sagen pflegte, die den alten Zivilisationen eigen sei. Der Satz »er ist René wie aus dem Gesicht geschnitten« ging ihm durch den Kopf, als er an einem gerahmten Kinderfoto von sich vorbeikam, das auf dem Kaminsims stand, und ein angenehmes Gefühl durchströmte ihn, das mehr als angenehme Gefühl, diese Ähnlichkeit sei da, greifbar, etwas, das nur für ihn gemacht war, ein Erbe und Geschenk.

Als du in meinem Alter warst?, fragte Damien.

Als ich in deinem Alter war, sagte René, das habe ich dir doch schon erzählt, fing ich gerade an zu arbeiten, Schreibtischarbeit, Papierkram, das hat mich interessiert, weil man immer einen Weg finden muss, seine Intelligenz unter Beweis zu stellen, an sich ist die Arbeit nicht besonders interessant.

Ich war stolz darauf, in der Verwaltung zu arbeiten und nicht hinter einer Ladentheke zu stehen.

Für mich war die Arbeit in der Verwaltung eine Möglichkeit, aus meiner kleinen, beengten und einengenden Umgebung auszubrechen, der Engstirnigkeit der Kaufleute zu entfliehen, ich konnte den Gedanken nicht ertragen, mein Leben hinter einer Ladentheke zu vergeuden.

Meinem Vater gefiel das, er mochte den Alltag im Laden, die Unterhaltungen, guten Tag, auf Wiedersehen, wie geht's denn so, die Centimes, die Francs, die Paketschnur.

Meiner Mutter nicht, meine Mutter langweilte sich, sie hat es mir oft genug gesagt, sie langweilte sich zu Tode, sie träumte von etwas anderem, sie wollte weg, woanders leben, sie las viel und gern, historische Romane, »sich in die Welt der Bücher flüchten« nannte sie das.

Sie hat mich immer unterstützt. Ich glaube, sie hatte für meinen Vater nicht viel übrig. Als ich sagte, dass ich auf keinen Fall den Laden übernehmen wolle, hat sie mich verstanden, mich unterstützt, mich dazu ermutigt, Abitur zu machen.

1936 habe ich die Prüfungen für die Beamtenlaufbahn abgelegt, ich war achtzehn Jahre alt, damals hat sich viel verändert, mein Vater hatte Angst vor der Veränderung, aber ich war glücklich.

Das waren Zeiten … Ihr habt das doch in der Schule gelernt, wir haben neulich darüber geredet, die Sozialisten waren an der Regierung, ich war dafür, das Land musste modernisiert werden.

Die Arbeit in der Präfektur war nicht gerade aufregend, aber ich dachte, ich würde wichtige Erfahrungen machen, meinen Horizont erweitern, sozusagen.

Ich interessierte mich schon damals für die Industrie, das hat dein Vater von mir, allerdings ist er zur anderen Seite übergelaufen und in die freie Wirtschaft gegangen, hahaha.

Ich wollte lieber im Staatsdienst tätig sein. Das hat etwas Erhabenes, das geht über das Individuum hinaus, man tut etwas für sein Land. Meine Eltern hatten natürlich den sicheren Arbeitsplatz im Auge, aber mein Beweggrund war das nicht.

Außerdem liebte ich die französische Sprache, das tue ich immer noch, Briefe schreiben, Berichte verfassen, elegante Formulierungen finden, sich klar und deutlich ausdrücken, so präzise wie möglich, die Feinheiten der Sprache.

Als der Krieg ausbrach … Ich war Patriot, aber die Würfel waren gefallen, der Waffenstillstand brachte alles zum Erliegen.

Hast du Radio London gehört?, fragte Damien.

Natürlich, alle haben es gehört.

Ich glaubte Pétain kein Wort, der Alte ging mir auf die Nerven mit seinem Gerede, Arbeit Familie Vaterland, mein Vater hingegen war ein glühender Anhänger des Marschalls, der Held von Verdun usw., er hat den Ersten Weltkrieg miterlebt. Mein Vater war Katholik, praktizierender sogar, natürlich hast du ihn nicht mehr kennen gelernt, aber er war kein umgänglicher Mensch.

Im Krieg und unter der Besatzung haben wir uns furchtbar gelangweilt, die Ausgangssperre, der Schwarzmarkt, das war schlimm …

Ich erinnere mich noch gut, ich wartete ungeduldig darauf, dass der Krieg vorbeiging.

Ich bewegte mich mittlerweile in anderen Kreisen, ich träumte davon, nach Paris zu gehen, in der Hauptstadt zu leben und zu arbeiten, und das habe ich auch getan, sobald ich konnte. Ich habe deine Großmutter geheiratet, eine waschechte Pariserin.

Nach dem Krieg habe ich meinen bescheidenen Beitrag dazu geleistet, dass die französische Industrie wieder auf die Füße kam, darauf bin ich stolz.

Damien lauschte hingerissen. Jedenfalls zuerst. Er hörte die Geräuschkulisse, den Wortfluss, nicht so sehr den Inhalt, er wünschte, es würde nie enden, für ihn war das ein Ruhepol, eine Musik, eine Umgebung. Worte wie ein warmes Bad, in dem er lag, sorglos, friedlich, unbeschwert.

Nicht ganz. Da war etwas. Ein Stachel, der sich immer tiefer bohrte, aber was?

Während er seinem Großvater zuhörte, wurde Damien mit einem Mal klar, dass er, Damien, nicht da war. Sein Großvater erzählte von seiner Jugend, und wo war er, Damien? Er hörte zu, aber zugleich war er mit seinen Gedanken woanders.

Je länger er zuhörte, desto klarer wurde ihm auch,

dass er seinem Großvater am liebsten alles erzählt hätte, doch er wusste, dass er das nicht konnte. Das, was er nicht sagen konnte, nicht sagen wollte, fraß ihn auf, es wurde immer schwerer und nahm immer mehr Raum ein.

Bislang hatte Damien seinem Großvater immer alles erzählt, alles, was ihm wichtig gewesen war, und jetzt wurde ihm klar, dass das nicht möglich war, nein, es gab etwas, das er ihm nie würde erzählen können, nie im Leben, ein Geheimnis, das ihn von seinem Großvater trennte, und dieses Geheimnis nagte an ihm, dumpf, es nahm Gestalt an und nagte an ihm, er spürte es deutlich, ein Loch im Bauch, einen schlechten Geschmack im Mund, einen Geschmack der Angst, den er nicht kannte. Er hatte den Eindruck, einen Teil von sich selbst verloren zu haben, einen Teil, den er nie wieder zurückbekommen würde, und das, was unwiederbringlich verloren war, war trotzdem noch da, es hatte Gewicht und ließ ihn sich gespalten und konturlos fühlen, fremd, sich selbst entfremdet.

Als er sich verabschiedete, sagte er plötzlich zu seinem Großvater, er käme am Freitag wieder zu Besuch, er habe früher als sonst Schulschluss.

Abends rief Damien Pierre an, der ihm von seinem Ausflug nach Bagneux erzählte, ich weiß nicht, ob ich noch mal hinfahre, sagte Pierre, ich fand es deprimierend, aber ich will Yves nicht im Stich lassen. Was kannst du schon groß machen?, fragte Damien, der überhaupt keine Lust hatte, über Yves nachzudenken. Pierre spürte das und sagte, er wisse es nicht. Und du?, fragte Pierre.

Damien hatte auch keine Lust, von seinem Großvater zu erzählen, oder davon, wie ihn, während er seinem Großvater zugehört hatte, das Geheimnis plötzlich erdrückt hatte, er war einsilbig, und dann redeten sie über den Philosophieunterricht, sie mussten für den nächsten Tag eine Interpretation zu *Antigone* schreiben.

Am Donnerstag meldete Pierre sich gegen Ende der Stunde von Madame Martin zu Wort. Sie hatten über den Gesetzesbegriff gesprochen, über das Gesetz und die Gesetze, über Recht und Gesellschaft. Madame Martin hatte ihnen die Gedanken mehrerer Philosophen erläutert und eine Passage aus *Antigone* vorgelesen, in der es um den Gegensatz zwischen den ewigen Gesetzen des Gewissens, den »ungeschriebenen« Gesetzen, und den Gesetzen der Stadt ging. Antigone beruft sich auf das Gesetz ihres Gewissens, als sie gegen das ungerechte Gesetz des Tyrannen Kreon verstößt, der ihr verbietet, ihren Bruder zu begraben, und Kreon verurteilt sie zum Tode.

Pierre war das Stück sehr nahe gegangen, er hatte es beim Lesen sogleich auf sein eigenes Leben übertragen. Für Pierre, der überhaupt nicht mehr an die Rue Delambre dachte, dem aber Yves, Yves' Vater und Bagneux nicht aus dem Kopf gingen, war Yves' Tat eindeutig ein Racheakt. Yves hatte seinen Vater rächen wollen, dessen Unglück rächen, und er hatte die Gewalt gegen seinen Lehrer gerichtet, weil er nichts gegen die eigentliche Ursache des Unglücks ausrichten konnte, die Arbeitslosigkeit seines Vaters. Deshalb war diese Gewalt für Pierre zwar nicht gerechtfertigt, aber nachvollziehbar, obwohl sie den »Gesetzen der Stadt« widersprach. Wenn er die Gelegenheit gehabt hätte, sagte sich Pierre, hätte er das Gleiche getan, um seinen Großvater zu rächen, den alten Élie, der zwar nicht mehr sprach, aber unentwegt nachdachte, der den ganzen Tag in seinem Sessel saß, machtlos, und diesen einen Satz wälzte, »Vernichtet sie«. Pierre dachte nicht mehr an die Rue Delambre, und er dachte nicht mehr an das, was er getan hatte. Aber er dachte, dass er das Gleiche wie Yves hätte tun können.

Pierre hatte das Theaterstück in einem Zug durchgelesen, er war eingeschlafen und hatte geträumt. Er ist auf einem Friedhof, vielleicht dem von Montparnasse, vielleicht dem von Bagneux, und er begegnet einer wunderschönen Frau, die er kennt, aber er weiß nicht, woher. Im Traum zerbricht er sich den Kopf, er fragt es sich die ganze Zeit, es ist mühsam, beklemmend, aber er erinnert sich nicht. Er folgt der Frau, sie führt ihn zu dem entlegensten Teil des Friedhofs, weit, sehr weit, er will nicht dorthin, aber sie führt ihn, er folgt ihr, unwillkürlich, widerwillig, und außerdem, sagt er sich in dem Traum, riecht es auf diesem Friedhof unangenehm, etwas verrottet, verfault. Und tatsächlich, an einer Wegkreuzung liegt eine Leiche. Die Frau ist nicht Antigone, aber wie Antigone beschließt sie, die Leiche zu begraben. Sie wiederholt die ganze Zeit, es ist verboten, aber ich muss es tun. In dem Traum hat Pierre panische Angst, er will unbedingt aufwachen, aber er wacht nicht auf. Zwei Friedhofswärter kommen auf sie zu, Pierre kann ihre Gesichter nicht sehen, sie packen die Frau, ziehen sie weg, schleifen sie fort, sperren sie in ein Zimmer. Pierre versucht, die Tür aufzubrechen, plötzlich springt sie von selbst auf. Pierre geht hinein, starr vor Entsetzen. Die Frau ist da, sie hat sich erhängt. Wie in dem Theaterstück hat sie sich mit einem selbst geflochtenen Strick erhängt. Pierre sieht nur ihren Rücken, er streckt die Hand aus, um sie umzudrehen, in diesem Moment wacht er auf.

Er schaltete das Licht an und setzte sich im Bett auf. Plötzlich begann er zu weinen, krampfartig, er konnte gar nicht mehr aufhören. Er weinte eine ganze Weile, dann sagte er sich, was soll das mit dem Friedhof, in dem Theaterstück kommt überhaupt kein Friedhof vor, Antigone wird lebendig in einer Felsenhöhle eingemauert. Das beruhigte ihn, und er konnte wieder einschlafen.

Als Madame Martin ihn drannahm, begann Pierre, eindringlich und abgehackt zu sprechen, was alle überraschte. Pierre zögerte nie, sich am Unterricht zu beteiligen, aber sonst war sein Tonfall ruhig, reserviert.

Die Gesellschaft ist ungerecht, wie soll man da ihre Gesetze akzeptieren?

Die Arbeitslosigkeit, das ist doch zum Durchdrehen. Die Leute werden weggeworfen, aussortiert, wie Dreck behandelt … Als würde man sie lebendig einmauern. Wie kann man seelenruhig neben diesen Menschen herleben, die überhaupt nichts tun, die ihr Leben mit Warten verbringen. Sie warten den ganzen Tag, das ist doch kein Leben.

Menschen, die nichts zu tun haben … Sie fühlen sich nutzlos, überflüssig. Sie sind unbrauchbar, ihr Leben ist sinnlos.

Sie sind aus der Gesellschaft herausgefallen.

Sie können an nichts teilhaben, es ist, als lebten sie

auf einem Friedhof, sagte Pierre. Er bemühte sich, nicht zu schreien, er redete und hatte das Gefühl, die Realität genau wiederzugeben, genau zu beschreiben, was er gesehen hatte, und er wollte, dass alle anderen es genauso sahen.

Anfang des Jahres, fuhr Pierre fort, habe ich im Fernsehen einen Film gesehen, es war ein Dokumentarfilm über Arbeiter, die ihre Fabrik besetzt hatten, eine Matratzenfabrik. Sie liebten ihre Fabrik, sie liebten ihre Arbeit, jeder hatte sein Spezialgebiet, für sie war das Wertarbeit, qualifizierte Arbeit. Die Fabrik war geschlossen worden, ausgelagert, wie das heute heißt, ich weiß nicht mehr, wohin, und die Arbeiter hatten sie besetzt. Ihr ganzes Leben lang hatten sie in dieser Fabrik gearbeitet, sie wohnten in der Nähe, ihre Kinder gingen in der Nähe zur Schule, sie sagten, die Fabrik sei ihr Leben, und jetzt ... Den Besitzern war das egal, die kannten die Arbeiter noch nicht mal, den Managern war das egal, die werden woanders wieder eingestellt. In dem Film gibt es eine Szene, in der die Arbeiter sich einen Manager vorknöpfen, sie wollen mit ihm diskutieren, er nicht, er will nicht diskutieren, er hat nichts zu sagen, ihm ist es scheißegal, er redet von den Gesetzen des Marktes, von der Konkurrenz, er schwafelt herum, sagt, da könne man nichts machen, so sei das eben ... Man merkt vor allem, dass es ihm scheißegal ist, wiederholte Pierre, man spürt, dass die Arbeiter ihn am liebsten anrempeln würden, ihm ins Gesicht schlagen, damit er reagiert, man sieht auch, dass er Angst hat, das ist heftig, aber noch heftiger, sagte Pierre, seine Stimme zitterte leicht, noch heftiger ist, dass es ihm scheißegal ist.

Die Klasse hörte ihm schweigend zu. Was gab es da schon zu sagen.

Geoffroy meldete sich und sagte, die Gesellschaft kümmere sich aber doch um die Arbeitslosen, es gebe finanzielle Unterstützung, aber sein Einwand wurde abgeschmettert, Unterstützung, mag ja sein, aber viel zu wenig, und außerdem war das keine Arbeit.

Ermutigt von dem betretenen Schweigen, das eintrat, erzählte Pierre von Yves, ohne seinen Namen zu nennen, ein Junge, so alt wie sie, der auf eine Berufsschule ging, der keinen Philosophieunterricht hatte, dessen Vater arbeitslos war und der fast seinen Lehrer aus dem Fenster geschmissen hätte.

Ich finde nicht, dass er Recht hatte, sagte Pierre, aber …

Aber?, fragte Madame Martin.

Pierre schüttelte den Kopf.

Unbehagen. Man war einverstanden mit Pierre, obwohl er offensichtlich zu sehr in der Geschichte drinsteckte, es war zu persönlich, peinlich.

Thomas hob die Hand und sagte, Pierres Beitrag passe genau zu ihrem Thema, das Gesetz und die Gesetze, Recht und Unrecht, und was ist eigentlich Unrecht. Jedes Mal, wenn eine Revolution ausbricht, sagte Thomas, bezeichnen die Herrschenden die Revolutionäre als Verbrecher.

Madame Martin sagte:

Thomas, das stimmt auf der Ebene der Fakten, der historischen Ereignisse. Aber können Sie daraus eine Definition dessen ableiten, was Recht und was Unrecht ist?

Flo meldete sich zu Wort.

Warum interessierst du dich eigentlich für diesen Jungen?, sagte Flo zu Pierre. Es gibt so viele Ungerechtigkeiten auf der Welt. Warum beschäftigt dich gerade er? Du solltest dich fragen, warum ausgerechnet dir das so nahe geht, sagte Flo.

Oh nein, sagte Claudine und verzog das Gesicht. Du immer mit deiner Psychologie, sagte Claudine, Flo ging ihr auf die Nerven.

Damien sagte, Pierre geht das so nahe, weil er selbst jemanden aus dem Fenster schmeißen will.

Die ganze Klasse lachte, Pierre lachte auch.

Es läutete, die Stunde war zu Ende, alle standen auf, erleichtert.

Auf dem Nachhauseweg gingen Pierre tausend Sachen durch den Kopf, die er noch hatte sagen wollen, Yves, Yves' Vater, die Arbeitslosigkeit, Bagneux, er hatte vor, mit seinem Vater zu sprechen, er wusste, dass Raymond einen Bekannten im Arbeitsministerium hatte. Doch es kam nicht so, wie er gedacht hatte. Als er die Wohnung betrat, spürte er eine Spannung, seine Mutter schien noch gereizter zu sein als sonst. Beim Essen erzählte Raymond einen Witz, »zur Auflockerung«, nicht nur Pierre hatte die angespannte Stimmung bemerkt. Ein Mann geht jeden Samstagabend in eine Kneipe, immer in dieselbe, er bestellt drei Bier und trinkt sie abwechselnd. Irgendwann wird der Kellner neugierig und fragt, warum. Der Mann erzählt ihm, er habe zwei Brüder, jeder wohne in einer anderen Stadt, und sie hätten sich dieses System ausgedacht, um einmal in der Woche zusammen zu sein. Der Kellner ist gerührt. Monate vergehen, und eines Tages kommt der Mann herein und bestellt zwei Bier statt drei. Der Kellner ist besorgt, er ahnt Schlimmes, er fragt so taktvoll wie möglich, ob etwas passiert sei … Nein, nein, antwortet der Mann, meinen Brüdern geht es blendend. Entschuldigen Sie, fragt der Kellner, warum trinken Sie dann nur zwei Bier? Nun ja, antwortet der Mann, ich trinke keinen Alkohol mehr. Sarah, Pierre und Joëlle brachen in Gelächter aus, Élie lächelte mit den Augen, nur Anna lachte nicht. Was für ein dummer Witz, was für ein alberner Witz, ich habe die Nase voll von dieser Familie, schrie Anna. Beruhige dich, sagte ihre Mutter. Da ging Anna auf sie los und beschimpfte sie. Raymond ergriff die Flucht.

Pierre verzog sich in sein Zimmer. Er rief bei Yves an, der nicht ans Telefon ging, und er rief bei Damien an, der nicht ans Telefon ging. Joëlle übernachtete bei einer Freundin, er wusste nichts mit sich anzufangen, er fühlte sich einsamer denn je.

Damien verbrachte einen schrecklichen Abend.

Als er nach Hause kam, sagte er zu seiner Mutter, er sei furchtbar müde. Er legte sich angezogen aufs Bett und schlief sofort ein. Er hatte einen Albtraum. Er sieht eine Frau, die mit dem Rücken zu ihm tanzt, die ihre Hüften wiegt und tanzt, sehr sinnlich, ein kurvenreicher, orientalischer, provozierender Tanz, eine Art Bauchtanz, nur eben mit dem Rücken zu ihm, denkt Damien im Traum, plötzlich fällt ihm auf, dass die Musik, die man hört, *Fever* ist, er springt in den Traum hinein und packt die Frau, die ihm immer noch den Rücken zuwendet, er küsst ihren Nacken, er beißt sie, aber sie stößt ihn weg und sagt, oh nein, ich habe keine Lust auf Philosophie, also dreht er sie herum und präsentiert sie dem Publikum, und natürlich, denkt Damien im Traum, natürlich ist es die Frau aus der Rue Delambre. Er wachte mit einem Ruck auf, er hatte nur wenige Sekunden geschlafen, er tat kein Auge mehr zu.

Die ganze Nacht hielt er die Augen weit geöffnet, er hatte Angst vor dem Einschlafen und überlegte, ob er seinem Großvater sagen sollte, was er getan hatte, oder nicht. Jeden Augenblick änderte er seine Meinung. Er wollte es ihm nicht sagen, er wollte es ihm auf keinen Fall sagen, aber wenn er es ihm nicht sagte … Er wusste nicht, was passieren würde, wenn er es ihm nicht sagte, und zugleich spürte er, dass es eigentlich unmöglich war, es ihm nicht zu sagen, ein entsetzliches Gefühl, so als stimmte er nicht mehr mit sich selbst überein.

War das Reue? Nein, das war es nicht, er bereute nichts, er dachte überhaupt nicht an die Frau aus der Rue Delambre, aber er hatte ein ungeheueres, überwältigendes, beklemmendes Gefühl, das Gefühl, etwas mit sich herumzuschleppen, das nicht er war, ein totes Gewicht, das immer bleiben würde, immer.

Er hielt es nicht mehr aus, er schwitzte, er fror, sein Hals war wie zugeschnürt, er wollte rufen, Hilfe, Hilfe, doch nach wem sollte er rufen?

Wie es seinem Großvater sagen?

Morgens war er fix und fertig, erschöpft, und er beschloss, mit seinem Großvater zu reden. Sofort erstarrte er, stocksteif. Vielleicht auch nicht, mal sehen, ich weiß nicht.

Als Damien am Freitag nach der Schule zu seinem Großvater kam, war er immer noch in diesem Zustand. Er hatte kaum gemerkt, wie der Tag vergangen war, im Grunde überhaupt nicht, er lief, wie er zu Pierre sagte, auf Autopilot. Sein Großvater ließ ihn herein und bot ihm einen Tee an. Sie gingen in die Küche. Damien setzte sich und sagte, ich kann nicht mehr. Dann riss er sich zusammen und fragte – es war das Erste, was ihm in den Sinn kam, er wollte die Stimme seines Großvaters hören, er sehnte sich nach dieser Stimme –, warum er damals nach Paris gekommen sei. René Durand spürte seit einer Weile ein Unbehagen, eine Fiebrigkeit bei Damien, was der Großvater auf dessen Jugend schob, diese schwere Übergangszeit, und auf die bevorstehenden Abiturprüfungen, und er war fest entschlossen, seine Rolle als Großvater zu erfüllen, er liebte seinen Enkel. Damien ließ sich gehen, hörte wie aus weiter Ferne zu, fast entspannt, das Kinn in die Hand gestützt, die Ellbogen auf dem Tisch.

Nach der Befreiung habe ich eine Stelle in Paris bekommen, die Ministerien wurden neu aufgebaut, ich wollte ins Industrieministerium.

Ich wollte nach Paris, das habe ich dir ja schon erzählt, ich wollte weg aus der Provinz, neue Ministerien wurden geschaffen, es wurde zentralisiert, man brauchte junge Leute, ich habe mich beworben und wurde genommen. Damals war alles in Bewegung, man musste nur die Gelegenheit beim Schopf packen. Ich bin niemand, der jammert, der viel grübelt. Ich hatte die Möglichkeit, nach Paris zu gehen, also … Dort wo ich herkam, in Clermont-Ferrand, hätte ich es zu nichts gebracht. Mein ganzes Leben so weitermachen, in der Präfektur … Ich bekam zwar immer mehr Verantwortung übertragen, aber trotzdem, es war keine aufregende Arbeit … Dieser begrenzte Horizont … Ich glaube an die Arbeit, ich weiß, deine Generation macht sich nichts daraus, aber ich glaube, dass Arbeit den Menschen formt und glücklich macht. Ich meine natürlich eine interessante Arbeit, ich spreche nicht von Fließbandarbeit … Die Arbeit ist letztlich das, was einen spüren lässt, dass man lebt … Ich bin ein Selfmademan, ich mag diesen amerikanischen Ausdruck, ich finde, dass er gut beschreibt, wie ich mich hochgearbeitet habe, wie ich mich selbst sehe … Etwas erreicht haben, etwas aus sich gemacht haben, aus eigener Kraft, ohne irgendjemandem etwas schuldig zu sein … Die einfachste Sache der Welt, einen Namen zu haben, ist in unserer Gesellschaft nicht selbstverständlich … und ich wollte existieren …, meine Arbeit tun, anerkannt werden, etwas aus mir machen. Für mich sind das Werte, so ist das nun mal. Dein Vater hat das nie verstanden. Ich sage nicht, dass er faul ist, er arbeitet, er arbeitet sogar viel, er denkt an nichts anderes, an seine Motoren, seine Skizzen, aber er bleibt in seiner Ecke, er erfindet seine Maschinen, und das reicht ihm. Ich glaube, er hat Angst vor Verantwortung. Ich hatte nie Angst vor Verantwortung. Die Befeiung, das war eine turbulente Zeit, im Guten wie im Schlechten. Vieles wurde neu geordnet, natürlich wurden auch alte Rechnungen beglichen … All diese Prozesse …, schlimm …, »Verbrechen gegen die Menschheit«, ich finde es nicht richtig, dass das so genannt wird. Ich weiß, dass es Mode ist, aber … Für ein Verbrechen muss es einen persönlichen Beweggrund geben. Einen Grund, ein Motiv. Aber wenn man Befehle befolgt …

Was, sagte Damien und richtete sich auf. Wie? Was hast du gesagt?

Ich habe gesagt, für ein Verbrechen muss es einen persönlichen Beweggrund geben. Einen Grund, ein Motiv. Aber wenn man Befehle befolgt … Ich finde nicht, dass man dann von einem Verbrechen sprechen kann. Man trifft eine Entscheidung, man tut, was man für das Beste hält …

René redete weiter. Damien hörte nichts mehr. Oder vielmehr, er hörte nur noch eins, das Geräusch, das der Satz, den sein Großvater gerade wiederholt hatte, in seinem Kopf verursachte.

»Für ein Verbrechen muss es einen persönlichen Beweggrund geben. Einen Grund, ein Motiv. Aber wenn man Befehle befolgt …«

Er kannte diesen Satz, er hatte ihn schon mal gehört, aber wo?

Er wusste es, er wusste es, aber das Wissen verbarg alles andere, er wusste, dass er es wusste, aber das Wissen blockierte, lähmte ihn.

Was ist hier los?

René redete weiter, immer weiter, er erzählte von seiner Ankunft in der Hauptstadt, von der Begegnung mit seiner zukünftigen Frau auf einem Fest im Winter 1946 … Damien hörte nicht zu, oder besser gesagt, er hörte nichts.

Was ist hier los?

Er konnte nicht denken.

Er sagte:

Befehle …, wenn man Befehle befolgt …

Genau, antwortete sein Großvater, wenn man Befehle befolgt. Alle befolgen irgendwelche Befehle, aber deshalb ist man noch lange kein Maurice Papon.

Damien hatte das Gefühl, als spräche sein Großvater Chinesisch. Papon, über den hatten sie in Geschichte gesprochen, aber er erinnerte sich nicht mehr.

Sein Großvater erzählte weiter, die Nachkriegszeit, seine Hochzeit. Damien starrte ihn an, er erkannte ihn nicht wieder, er erkannte nichts mehr wieder, er erkannte nur noch den Satz, das Wort »Verbrechen«, die Worte »kein persönlicher Beweggrund«.

Er sagte:

Ich verstehe nicht, was du über das Verbrechen sagst. Wenn man Befehle befolgt und die Befehle verbrecherisch sind, ist man für das Verbrechen verantwortlich.

Red nicht von Dingen, von denen du keine Ahnung hast, sagte sein Großvater. Es gibt immer besondere Umstände, Situationen, in denen man nicht anders kann.

Damien starrte seinen Großvater immer noch an, ohne ihn wiederzuerkennen, er starrte ihn an, und plötzlich machte es klick, der Satz, den hatte er selbst, Damien, gesagt, er hatte Wort für Wort dasselbe gesagt, nur statt von Befehlen hatte er vom Zufall gesprochen. »Wenn man dem Zufall folgt.« Ihm wurde schwarz vor Augen, er dachte, ich falle in Ohnmacht, ihm fielen die Augen zu, er rutschte vom Stuhl.

Als er die Augen wieder aufschlug, beugte sich sein Großvater über ihn und hielt ihm ein Fläschchen Kampferöl unter die Nase.

Du bist völlig überarbeitet, jetzt reicht's, sagte sein Großvater, ich rede mit deiner Mutter.

Damien schüttelte den Kopf und richtete sich auf.

René rief bei Rosine an, sie war nicht da, er bestellte ein Taxi und bestand darauf, Damien nach Hause zu bringen.

In seinem Zimmer wurde Damien klar, wie sehr er sich danach sehnte und wie sehr er zugleich Angst davor hatte, allein zu sein. Er wollte seinen Großvater nicht mehr sehen. Er sollte weggehen, abhauen, verschwinden. Der Satz, der Satz, wie hatte er denselben Satz sagen können, was ist das für eine Geschichte, unglaublich, ja, aber es ist meine Geschichte, was ist hier los, wie ist das möglich, das ist doch bescheuert, lächerlich, ich glaube nicht an Gespenster, ich glaube nicht an Magie, warum habe ich diesen Satz gesagt, er gehört mir, er gehörte mir, hat mein Großvater mich verhext oder was, ich kann das alles nicht glauben, was ist das für eine Geschichte.

Damien hatte Angst, große Angst, Todesangst, wovor, vor sich selbst, wo bin ich, wer bin ich, was ist hier los, ich verstehe das alles nicht, ich muss es nicht verstehen, was ist das für eine Geschichte.

Doch im Grunde dachte er nichts von alldem. Hätte man seine Gefühle in Worte fassen können, dann wäre es das vielleicht gewesen, aber er dachte es nicht, er dachte nichts, er starrte zur Decke. Er ging durch die Hölle.

Eins wusste er ganz genau, er zweifelte keine Sekunde daran, dass es sich um denselben Satz handelte und dass er ihn wegen seines Großvaters gesagt hatte, das lag auf der Hand, das stand fest, das war so. Warum sonst hätte er genau denselben Satz sagen sollen?

Die Angst ging mit einem weiteren Gefühl einher, mit Scham. Er schämte sich, er schämte sich in Grund und Boden. Er hatte eine großartige, einzigartige Idee gehabt, und jetzt stellte sich heraus, dass sein Großvater sie ihm eingegeben hatte, dass sie von seinem Großvater stammte. Oder was?

Was würde Pierre sagen?

Damien war elend zumute, hundeelend. Er schlief, nicht lange, und als er aufwachte, war sein Großvater weg, dafür war seine Mutter da, er blieb im Bett, weigerte sich zu essen, schlief nicht mehr. Er war entkräftet, fühlte sich leer, ausgehöhlt, wie ein Wrack. Die ganze Nacht lang dachte er, er würde Selbstmord begehen, am frühen Morgen fand er die Kraft zuzugeben, dass er gar keine Lust dazu hatte.

Trotzdem blieb er den ganzen Samstag apathisch im Bett liegen. Er hatte Fieber. Ihm war elend zumute, nichts verstehen, sich unvermittelt in einer Geschichte wiederfinden, die nicht die seine war, das Gefühl, reingelegt worden zu sein, und dann sein Großvater, was sollte er von ihm denken, er schaffte es nicht zu denken. Pierre rief an und wollte vorbeikommen, Damien sagte, er würde zurückrufen und tat es nicht. Er wollte mit Pierre reden, aber gleichzeitig fehlte ihm die Kraft dazu. Der Tag zog sich dahin, todlangweilig, er in seinem Zimmer, ringsherum eine gewisse Aufregung, seine Mutter machte sich Sorgen, sein Vater kam vorbei, um zu hören, wie es ihm ging. Damien sagte, er fühle sich besser. Am Abend schlief er vor Erschöpfung ein, er hatte schreckliche Albträume, Maschinen zerfallen in ihre Einzelteile, Züge bleiben stehen und können nicht mehr weiterfahren, frühmorgens wachte er auf und sagte laut, wenn ich nicht bald mit jemandem rede, werde ich verrückt. Er beschloss, mit Pierre zu reden.

Als es Zeit für das Sonntagsessen war, ging er seinen Großvater nicht abholen und bat darum, nicht am Tisch mitessen zu müssen, er hatte kein Fieber mehr, aber er fühlte sich schwach, schlapp, er wollte seinen Großvater nicht sehen, sein Gesicht, seinen Körper. Seine Mutter brachte ihm ein Tablett, und von seinem Zimmer aus hörte er sie essen, seine Mutter war fröhlich, sie lachte viel mit ihrem Schwiegervater, Damien lauschte wütend. Er hörte Rosines Lachen, hörte, wie sie kicherte und sagte, oh, René, das müssen Sie mir erzählen, René, er stellte sich ihre blonden Locken vor, ihren Nacken, ihre tänzerische Haltung. Das gibt's doch nicht, sie macht ihm schöne Augen, hörte Damien sich denken.

Pierre kam zu Besuch, er war stocksauer auf seinen Vater, seine Mutter, seine ganze Familie, meine Familie ist unmöglich, unerträglich, schimpfte Pierre, bevor Damien irgendwas sagen konnte. Er erzählte von dem Familienstreit am Freitagabend, und seitdem, sagte Pierre, herrscht dicke Luft. Er hatte den ganzen Samstag gelernt, und beim Abendessen hatte seine Großmutter, du weißt, wie gern ich sie habe, hatte seine Großmutter wieder damit angefangen. Womit?, fragte Damien. Sie hat einen Witz erzählt, sagte Pierre finster. Sie weiß, dass es meine Mutter nervt, aber sie kann einfach den Mund nicht halten. Wir haben über Antisemitismus geredet, über seine Kontinuität und wie er wieder auflebt und neue Formen annimmt. Und dann hat sie gesagt, also, es ist die Kristallnacht, Deutschland 1938, kurz nach dem Münchener Abkommen, die Nazis berauschen sich an der Kapitulation der Westmächte, ein jüdischer Student ermordet einen deutschen Botschaftssekretär in Paris, als Vergeltungsmaßnahme organisieren die Nazis Pogrome, sie zünden unzählige Synagogen an, sie verwüsten unzählige jüdische Geschäfte, die Juden müssen für den entstandenen Schaden zahlen, so was kann man sich gar nicht ausdenken, Pierre geriet beim Erzählen in Rage, also, eine Synagoge brennt, Leute protestieren, sie haben sich noch nicht so ganz an die Nazis gewöhnt, sie trauen sich nicht so recht, aber immerhin protestieren sie, ein alter Jude steht mit seinem Enkel da, sie sehen alles. Das Kind ist verstört, es weint, es schreit, sieh doch, Großvater, sieh doch, was passiert. Der Großvater sagt, ruhig, mein Kleiner, ruhig. Weißt du, wenn es einen Gott gibt, wird er sie bestrafen … Und wenn es keinen Gott gibt … Wer braucht dann schon eine Synagoge? Damien konnte ein Grinsen nicht unterdrücken. Ja, sagte Pierre, er ist gut. Aber meine Mutter erträgt solche

Geschichten nicht. Sie machen sie wahnsinnig. »Ich finde das nicht lustig, das ist überhaupt nicht zum Lachen«, und sie schreit … Das war einer dieser Abende …

In Pierres Gegenwart hatte Damien plötzlich Bedenken. Er zögerte, er hatte Bedenken. Doch dann, als Pierre ihn fragte, was mit ihm los sei, gab er sich einen Ruck. Mit tonloser Stimme erzählte er alles.

Zuerst verstand Pierre ihn nicht. Was, was, welcher Satz, was erzählst du da, das ist doch nicht dasselbe. Doch dann musste er zugeben, dass es das war.

Es verschlug ihm den Atem.

Er sagte: Maurice Papon? Wer ist das?

Keine Ahnung, sagte Damien, ist mir auch egal. Jemand, der Befehle befolgt hat.

Sie verbrachten den Nachmittag gemeinsam, sie versuchten zu arbeiten, vor den Osterferien hatten sie noch zwei Klausuren, die erste am übernächsten Tag, aber sie konnten sich nicht konzentrieren, sie wussten nichts mit sich anzufangen, sie lasen nicht, sie hörten Musik, ohne hinzuhören.

Jetzt war Pierre vor Angst erstarrt, wie gelähmt. Ich kann nicht mehr, sagte Pierre zu Damien, ich habe das Gefühl, in einem Albtraum festzustecken, aus dem ich nie wieder aufwache. Ich sehe alles immer wieder vor mir, die Treppe, die Tür, das Zimmer … Vorher war es der Zufall … Es war aus, es war vorbei, wir hatten alles in dem Zimmer zurückgelassen, wir hatten die Tür zugemacht, wir waren gegangen, ich habe nicht mehr daran gedacht, überhaupt nicht. Aber jetzt denke ich ständig daran, ich muss ständig daran denken.

Ich auch, sagte Damien. Nur habe ich auch schon vorher daran gedacht. Was sollen wir jetzt machen?

Sein Tonfall war so verzweifelt, dass Pierre sich am liebsten mit ihm unter der Bettdecke verkrochen hätte. Hör auf, sagte Pierre, hör auf.

Was sollen wir jetzt machen?, wiederholte Damien.

Pierre zuckte mit den Achseln, weiß nicht, sagte Pierre.

Sie blieben in dem Zimmer, apathisch. Völlige Leere. Nach einer Weile sagte Damien:

Wir fahren nicht in die Bretagne.

Pierre zuckte mit den Achseln.

Damien wiederholte:

Wir fahren nicht in die Bretagne. Vor allem weil …

Pierre schwieg.

Damien ließ nicht locker.

Vor allem weil, sagte Damien, … und dann … außerdem …

Pierre nickte.

Er hatte keine Ahnung, was Damien sagen wollte, vor allem weil was, fragte sich Pierre, er fragte es sich einfach so, ohne es sich zu fragen, und zugleich fragte er es sich doch, er verstand Damien genau, man kann sogar sagen, dass er dieses »vor allem weil«, dieses »und dann«, dieses »außerdem« spürte. Nicht eine Sekunde lang, nein, nicht eine Sekunde lang hätte er das Meer ertragen, genauso wenig wie Damien, die Wellen, den großen Himmel, der immer in Bewegung war, unbeständig und chaotisch. Nein, nein, nein. Weder das Meer noch den Himmel. Weder den Sand noch die Felsen noch die Kiesel. Pierre dachte an die nächste Zeit, sie würden vierzehn Tage lang nur arbeiten, er konnte sich überhaupt keine Zeit vorstellen, keine Dauer, es gelang ihm nicht, sich irgendwas vorzustellen.

Am besten, sagte Pierre, bleiben wir hier. Wir rühren uns nicht vom Fleck.

Am Montag ging Damien wieder zur Schule, der Tag glitt vorbei, und am nächsten Tag Englischklausur, Bioklausur, ebenso für Pierre. Dann begannen die Osterferien. Pierre blieb bei Damien.

Zwei Tage lang lernten sie wie die Besessenen, fast ohne zu sprechen, sie hoben kaum die Augen von ihren Matheaufgaben, ihren Philosophietexten, ihren Zeittafeln für Geschichte. Nach diesen zwei Tagen, es war Nachmittag, richtete Damien sich plötzlich auf und sagte:

Befehle befolgen, was heißt das?

Pierre sagte:

Denkst du an deinen Großvater?

Natürlich denke ich an ihn, sagte Damien wütend. Selbst wenn ich nicht an ihn denke, denke ich an ihn.

Das Vichy-Regime hatten sie im Unterricht durchgenommen. Claudine hatte ihr Referat gehalten, sie hatten Texte gelesen und besprochen, der Sonderstatus der Juden, der bereits im Oktober 1940 eingeführt worden war, noch bevor die Deutschen es verlangt hatten, die Liste der verbotenen öffentlichen Ämter, keine Juden in der Presse, im Kino, im Rundfunk, die Arisierung des jüdischen Eigentums. Frankreich den Franzosen. Die Beteiligung an den Deportationen und die Mithilfe bei der Vernichtung. Die Schüler sahen sich Schilder an, »Spielplatz, nur für Kinder unter 14 Jahren, für Juden verboten«, und lasen eine Dienstanweisung von 1942, unterschrieben von Darquier de Pellepoix, dem Leiter des Generalkommissariats für Judenfragen, demselben Darquier, wie ihre Lehrerin erklärte, der 1978 im spanischen Exil behauptet hatte, in Auschwitz seien »nur Flöhe vergast worden«: »Das Generalkommissariat hat herausgefunden, dass im Schriftverkehr mancher Abteilungen die Juden ›Israeliten‹ genannt werden. Der Gebrauch dieser Bezeichnung ist auf jüdischen Einfluss zurückzuführen. Die Vermeidung des Begriffs ›Jude‹ ist eines der Hauptinstrumente zur Verteidigung des Judentums, weil es die Judenfrage als rein religiöse Frage darstellt. Im Generalkommissariat für Judenfragen nennt man einen Juden einen Juden, man schreibt nicht ›Monsieur Lévy‹ oder ›Monsieur Dreyfus‹, sondern ›der Jude Lévy‹ oder ›der Jude Dreyfus‹.« Die Klasse beteiligte sich rege an Mademoiselle Steins Unterricht. Claudine meldete sich und sagte, wenn sie diese Schilder, Darquiers Brief oder andere Sachen lese, finde sie vor allem merkwüdig, dass sie auf Französisch geschrieben seien. Es fällt mir schwer, diese Wörter auf Französisch zu sagen, sagte Claudine. Das kommt einem seltsam vor.

Mademoiselle Stein nickte und fragte, ob es denn eine Sprache gebe, in der es ihr nicht seltsam vorkomme.

Claudine dachte nach und antwortete, nein, nein. Aber es stört mich, dass es meine Sprache ist, meine Muttersprache, die ich jeden Tag spreche. Meine normale Sprache.

Mademoiselle Stein nickte erneut, wortlos.

Thomas sagte, abgesehen von der Gewalt und der Diskriminierung sei eben auch die Sprache pervertiert und missbraucht worden. Er sagte, die Behauptung der Vichy-Regierung, gegenüber der deutschen Besatzungsmacht eine so genannte nationale Souveränität aufrechtzuerhalten, sei grotesk, ekelhaft, genauso grotesk und ekelhaft wie die Tatsache, dass die Auslieferung der Juden an die Deutschen durch die französische Polizei und die französische Gendarmerie als Sieg dargestellt worden sei. Wo blieb denn da die Souveränität? »Souveränität« hieß in diesem Fall doch nur, den deutschen Standpunkt einzunehmen, und sogar noch weiter zu gehen als die Deutschen, denn der Vorschlag, auch die Juden aus den unbesetzten Gebieten an die Nazis auszuliefern, stammte von René Bousquet, dem Polizeichef von Vichy. Bousquet hatte immer behauptet, er habe »gerettet, was zu retten war, und so seinem Land gedient«. Das Wesentliche verschwieg er: Die Deutschen hatten nicht genug Leute, um ihre Politik allein durchzuführen, sie brauchten die französischen Polizisten und Gendarmen, um ihre »Endlösung« in die Tat umzusetzen.

Die Worte, wiederholte Thomas, wurden missbraucht. Zum Beispiel von Pierre Laval, der über die ersten Deportationen im Juli 1942 sagte: »Aus Gründen der Menschlichkeit hat der Ministerpräsident (entgegen den ursprünglichen deutschen Anweisungen) durchgesetzt, dass Jugendliche und Kinder unter sechzehn Jahren ihre Eltern begleiten dürfen.« »Durchgesetzt!« »Aus Gründen der Menschlichkeit!« »Ihre Eltern begleiten dürfen!«

Ja, sagte Mademoiselle Stein, ja. Sie sagte auch, das Wort »missbraucht« sei in diesem Zusammenhang treffend, und rief ihnen in Erinnerung, wie Hannah Arendt die Nazis beschrieben hatte: als einen Mob Deklassierter, der den Leuten den Realitätssinn raubt.

Jetzt sagte Damien ständig, er wolle es wissen, er wolle sich informieren, und neben seinen Vorbereitungen für die Schule, die er sogar noch intensivierte, begann er zu recherchieren, er durchforstete Bibliotheken und klapperte Buchhandlungen ab. Er spürte eine große Dringlichkeit, er stand kurz vor dem Explodieren. Beim

Abendessen machte sich seine Mutter Sorgen, sie fand, sein Gesicht sei gerötet, fiebrig. Schon bald konzentrierte sich seine Untersuchung, wie er es nannte, auf Maurice Papon, den Generalsekretär der Präfektur von Bordeaux von 1942 bis 1944, der gewissenhaft seine Befehle befolgt hatte, der sie bis zum Verbrechen befolgt hatte, wie Damien zu Pierre sagte.

Damien las hastig, er verschlang die Texte, er verleibte sie sich ein, er entdeckte Einzelheiten, immer mehr Einzelheiten, historische Daten und Fakten, Dokumente und Zeitzeugenberichte, und zugleich hing, schwebte über all diesen präzisen, stichhaltigen Informationen, den Tatsachen Tatsachen Tatsachen, die er anhäufte, etwas anderes, ein Eindruck, ein Gefühl, aber welches? Irgendwann wurde ihm klar, dass er, während er wütend und sprachlos immer mehr über Maurice Papons Leben, seine Karriere, seinen Prozess las und herausfand, die ganze Zeit über das seltsame Gefühl hatte, es bereits, oder jedenfalls fast, zu wissen, es wiederzuerkennen. Aber es waren nicht die historischen Einzelheiten, die er wiedererkannte, die er meinte wiederzuerkennen.

Zum ersten Mal hatte er dieses Gefühl, als er in den Akten des Papon-Prozesses die Zeugenaussage von Sylvain Mohlo las.

Sylvain Mohlo war zum Zeitpunkt des Geschehens fünfzehn Jahre alt gewesen, er war Franzose. Im August 1942 wurde er zusammen mit seinem dreizehnjährigen Bruder von französischen Gendarmen verhaftet und nach Drancy gebracht, obwohl sie als Minderjährige und Franzosen eigentlich nichts zu befürchten hatten, denn die Deutschen verlangten zu dem Zeitpunkt nur die Auslieferung der ausländischen, erwachsenen Juden. Durch einen »unerhörten Glücksfall« gelang es ihrem Vater, sie freizubekommen, und sie wurden gerettet. Dazu befragt, hatte Maurice Papon nur gesagt: »Ich kenne diese Akte nicht.«

Damien verstummte. Dann sagte er zu Pierre, der sich hatte anstecken lassen und seinerseits las:

»Ich kenne diese Akte nicht.« Er spricht von einem Jungen, der beinahe deportiert und ermordet worden wäre. Ich habe das Gefühl, meinen Großvater zu hören. Ich kann es dir nicht erklären. Ich kenne meinen Großvater nur als Pensionär. Damals war er noch sehr jung, er stand ganz am Anfang, er traf keine Entscheidungen. Aber er hätte dasselbe sagen können. Ganz sicher. »Akte.«

Ich kann es nicht erklären, sagte Damien noch einmal.

In seinem Kopf schwoll das Wort Akte an, es nahm allen Platz ein, es verdeckte, zerdrückte und verbarg die Realität, die Realität wurde zerdrückt, verborgen, abgeheftet und zwischen zwei Aktendeckel gezwängt, aus denen plötzlich Sylvain Mohlos Arm herauszuragen schien.

Hilfe, sagte Damien laut. Pierre sah ihn an. Damien schüttelte den Kopf, und sie lasen weiter.

Aber das Gefühl des Erkennens, des Wiedererkennens, das Damien beherrschte, ließ nicht nach, im Gegenteil, es verlagerte sich, wurde stärker.

Er las von einer jungen Frau, Irma Reinsberg, die es geschafft hatte, aus dem Zug zu springen, der sie nach

Drancy bringen sollte. Sie verletzte sich schwer und wurde nach Orléans in ein Krankenhaus gebracht. Das Krankenhaus fragte bei der Präfektur in Bordeaux nach, was mit ihr geschehen solle, und ein Sekretär der Präfektur, der sie nach Mérignac, in das Lager bei Bordeaux, hätte zurückholen können, antwortete, ganz der eifrige Kollaborateur, man solle sie nach Drancy bringen. Als der Richter Maurice Papon aufforderte, die Aufgabe der Sekretäre in der Präfektur zu beschreiben, antwortete dieser: »Sie waren Hilfskräfte, die bei Überlastung die laufenden Fälle bearbeiteten.« Die laufenden Fälle! Als Damien Maurice Papons viel zu ruhige, viel zu gelassene Antwort las, ertappte er sich dabei, sich einen bestimmten ironischen Tonfall vorzustellen, mit dem die Unkenntnis des Gegenübers betont wurde, und plötzlich hatte er das Gefühl, René Durand zu hören, er hätte auch in diesem Tonfall geredet, davon war Damien überzeugt, er hätte genau das sagen können, »die laufenden Fälle«, und er hätte eine für ihn typische Handbewegung gemacht, etwas distanziert, etwas verächtlich, eine Bewegung, die »pff, unwichtig« hieß, eine Bewegung, die die Angelegenheit beiseite schob, sie war bedeutungslos, andere Dinge, andere Akten waren wichtiger.

Ein kleiner zusätzlicher Gedanke verstärkte Damiens Unbehagen noch, ein winziger, lächerlicher Gedanke, den er nicht loswurde, der sich ihm aufdrängte, ein völlig nichtiger Gedanke, ein unsinniger Gedanke, den er wie eine Fliege verscheuchte, indem er sagte, na und. Aber er wurde ihn nicht los, er drängte sich ihm auf. Ich, dachte Damien, ich sage auch oft »pff«.

Die einfachsten Wörter wurden verdächtig, harmlos und verdächtig, verdächtig, weil sie aus undurchsichtigen Gründen gebraucht worden waren, aus unklaren, dunklen, gar nicht dunklen, eigentlich glasklaren Gründen. Und immer, selbst wenn die Wörter in einem anonymen Text vorkamen, selbst wenn sie in einem unpersönlichen, ihm bisher unbekannten Verwaltungsdokument vorkamen, hatte er dieses schreckliche Gefühl des Wiedererkennens, das Gefühl, es mit etwas Bekanntem zu tun zu haben.

Er fand eine Mitteilung des Innenministeriums vom 1. September 1942, die während des Prozesses vorgelesen worden war. Der Generalsekretär Maurice Papon stand sechs Bereichen der Präfektur vor: Polizei, Finanzen, Gesundheit und Jugend, Brücken- und Straßenbau, Wirtschaft, Transport und Versorgung. Aber was hieß Transport? Bei dem banalen Wort »Transport« denkt man an Züge, die bereitgestellt und beladen werden, wie viele gebraucht werden, dass sie nicht halb leer abfahren sollen usw., aber vor allem denkt man daran, was in diesen Zügen ist. Kurz gesagt, der Transport wovon. Die Mitteilung gab auch darüber Auskunft: »Die Generaldelegation der besetzten Gebiete fragt an, ob weitere Kontingente von der freien Zone in die besetzte Zone überführt werden können, um die von den Deutschen angeforderten Konvois auszulasten. Zur Erfüllung der Quote müssen 7000 Israeliten zusammengetrieben werden. Ein Maximum an Deportationen muss vor dem 1. November erfolgen, da nach diesem Datum keine Schienenkapazitäten von Drancy in Richtung Osten mehr zur Verfügung stehen … Zudem gibt es nicht genug ausländische Juden, um die Quote von 1000 Juden pro Konvoi zu erfüllen. Aus diesem Grund werden die Konvois mit französischen Juden aus den Internierungslagern aufgefüllt.« Transporte, Kontingente, Erfüllung der Quote, Schienenkapazitäten, zusammentreiben, Damien und Pierre lasen den Text immer wieder, wovon ist da die Rede, verdammt, verdammt, wovon ist da die Rede.

Auch für Pierre löste sich die Sprache auf, wie Damien wühlte ihn das, was er las, auf, es erschütterte ihn. Er las zum Beispiel, dass Robert Goldenberg, dem damaligen Sprachgebrauch zufolge »verheiratet mit einer Arierin«, deportiert worden war, obwohl das gegen die im Juli 1942 geltenden »Rassengesetze« verstieß. Papon schrieb damals auf die Akte: »Wahrheitsgehalt der Aussagen prüfen«, und darunter: »geprüft«. Als er im Prozess zu diesem »Irrtum« befragt wurde, antwortete er einfach: »Sie wissen nicht, wie das ist, diese Schreibtischarbeit.«

Diese Schreibtischarbeit, wiederholte Pierre. Diese Schreibtischarbeit. Welche Arbeit? Was ist das für eine Arbeit? Die deutschen Kriterien überprüfen. Wenn das Arbeit ist …

Was Damien und Pierre nicht verstanden, »ich verstehe das nicht« war ein Satz, der immer wiederkehrte, war die kleinliche, schäbige, klägliche, nahezu unsichtbare Seite der Taten, die so weitreichende Folgen hatten. Maurice Papon hatte sich nicht geifernd und brüllend mit erhobener Axt auf einen anderen Menschen gestürzt. Er hatte niemanden erschlagen oder erwürgt. Nein. Er hatte auch niemanden persönlich gefoltert, wie der Nazi Klaus Barbie, der während seines Prozesses ein paar Jahre zuvor die ganze Zeit vor sich hin gelächelt hatte, sie hatten das Foto gesehen. Dieses schmale Lächeln hatte sie nicht mehr losgelassen, sie kreisten um es herum, betrachteten immer wieder das Foto. Das Lächeln spielte um Barbies Lippen, eine schmale, leicht gekrümmte Linie auf dem mageren Gesicht, es hüllte Barbie ein, der sich dahinter versteckte, verschanzte, es nahm den Beobachter gefangen, es nahm ihn mit. Wohin? Das fragten sich Damien und Pierre. Schließlich sagte Damien:

Er lächelt, als wäre er immer noch in der Folterkammer. Das zeigt er uns. Mit seinem Lächeln sagt er: Ich habe es getan, ich habe es tun können, ich bin glücklich, mein Leben hatte einen Sinn, es ist mir egal, dass ich vor Gericht gestellt und verurteilt werde.

Pierre sagte nichts.

Und Papon war auch nicht Paul Touvier, der Chef der Miliz und Mörder, dem die Kirche Unterschlupf geboten hatte. Er hatte in seinem Notizbuch die Namen der Juden aufgelistet, auf die er beim Durchforsten der Radio- und Fernsehprogramme gestoßen war. Touvier war nach der Befreiung in Abwesenheit verurteilt und 1971 vom Präsidenten Georges Pompidou begnadigt worden. Erst 1981 wurde erneut Anklage gegen ihn erhoben. 1989 wurde er schließlich verhaftet. Sie stellten ihn sich auf der Flucht vor, wie er von Kloster zu Kloster schlich, dreckig, ungekämmt, unrasiert und ungewaschen, wie er in Löchern schlief und dank einiger fanatischer Priester überlebte.

Nein, das hier war etwas anderes. Maurice Papon hatte den Krieg und die Besatzung hinter seinem Schreibtisch verbracht, gut gekleidet, sauber und mit Krawatte, einen Stift in der Hand, er hatte Papiere unterschrieben und seiner Sekretärin Anweisungen gegeben. So hatte er 1410 Juden aus Bordeaux in den Tod geschickt, Männer, Frauen, Kinder, Säuglinge und Alte.

Dieses Bild, ein Mann, der an seinem Schreibtisch sitzt, den Stift in der Hand, verstörte, verfolgte Damien. Er sah René Durand, einen kleinen Angestellten, der noch jung war, ganz am Anfang stand, wie hatte er diese Zeit erlebt, womit hatte er sie verbracht, was hätte er tun können, was hatte er getan? Worüber dachte er nach, worüber hatte er nachgedacht? Es war, als deckten die Wörter »Arbeit« oder »Schreibtischarbeit« oder »laufende Fälle« oder »Akten« alles andere zu, als breiteten sie über alles einen großen weißen Schleier, einen gleichgültigen Schleier, und als bewegte sich unter diesem Schleier, ruhig und gelassen, von den Wörtern beschützt, René Durand, dem es vor allem darum ging, im Leben vorwärts zu kommen, der vermeintlichen Armseligkeit der Provinz zu entfliehen und einen wichtigen Posten in Paris zu bekleiden. Die Epoche glitt über ihn hinweg.

Und zu seiner Rechtfertigung, Damien schrie beinahe, er redete mit Pierre, er redete von dem, was Maurice Papon getan hatte, aber Pierre wusste genau, dass er auch von seinem Großvater redete, von dem, was er hätte tun können, und vielleicht war das, was er sagte, auch an seinen Großvater gerichtet, zu seiner Rechtfertigung, schrie Damien, behauptete er: Ich hatte keine Wahl. Aber das stimmte nicht: Er hatte die Initiative ergriffen. Hatte er Befehle befolgt? Nicht nur das: Er war ihnen vorausgeeilt.

Entgegen seinen Behauptungen hatte er stets großen Eifer an den Tag gelegt. Anstatt dafür zu sorgen, dass man die Kinder, deren Eltern nach Drancy deportiert worden waren, aus den Augen verlor, hatte er sie nach Bordeaux kommen lassen, noch bevor die Deutschen es vorschrieben, selbst die, die inzwischen umgezogen waren. Im Prozess hatte er sogar gesagt, Pierre hatte seine Aussage gelesen und die Stelle unterstrichen, glaubt der etwa, dass wir ihm das abkaufen, er hatte sogar gesagt, einige Eltern hätten darum gebeten, dass man ihnen ihre Kinder nachschickte, woraufhin der Richter ihm empört geantwortet hatte: »Hören Sie, Maurice Papon, die Eltern haben um gar nichts mehr gebeten. Am 26. August waren sie längst tot!«

Pierre entdeckte eine Mitteilung an Papons Vorgesetzten, den Präfekten Maurice Sabatier: »Die Durchführung der Maßnahmen in der vorgegebenen Zeit ist schwierig, aber nicht unmöglich.« »Maßnahmen« bedeutete: Verhaftungen, Internierungen, Transporte nach Drancy. Am Schreibtisch sitzen, »Akten« bearbeiten …

Damien las und las, Angst überfiel ihn und warf ihn auf die Straße. Er ging nach draußen, er lief durch die Gegend, er sah nichts und niemanden. Wenn er Freunde traf, Klassenkameraden, Thomas mit oder ohne Flo, Claudine, andere, grüßte er und ging weiter, er konnte nicht stehen bleiben und reden, das war unvorstellbar. Reden war unmöglich, außer mit Pierre. Auf der Straße sah Damien nur eins, Büros, nichts als Büros. Eines Nachmittags überredete er Pierre mitzukommen, sie standen vor der *Tour Montparnasse*, sie hatten den Kopf in den Nacken gelegt und starrten an dem schwarzen Block mit den undurchsichtigen Fenstern hoch, der vor ihnen in die Höhe ragte, der sich erhob, wohin. Nichts als Büros, sagte Damien, nichts als Büros. Pierre zuckte mit den Achseln. Damien starrte weiter auf das Hochhaus. Vorher mochte ich es, sagte Damien. Wenn ich es von Weitem sah, war es ein Orientierungspunkt. Ich wusste, dass ich gleich zu Hause war. Und jetzt?, fragte Pierre. Jetzt, sagte Damien, ... jetzt denke ich immer daran, was da drin ist, die Räume, die Flure, ich sehe die Wände, die Oberflächen. Glatt, sauber, hell. Blitzblank.

Er verstummte. Pierre sah ihn an.

Ich frage mich, was die Leute da drin machen.

Vielleicht nichts, sagte Damien.

Wieder verstummte er. Pierre sah ihn an.

Vielleicht ..., ich weiß nicht, sagte Damien. Jetzt, sagte Damien, erscheint mir alles verdächtig, ich bin misstrauisch geworden.

Sie setzten sich auf den Bahnhofsvorplatz. Leute liefen vorbei, kamen und gingen durch die großen Glastüren. Ein Karussell drehte sich, Kirmesmusik. Mütter, Kinder. Das Hochhaus hob sich von dem blauen Himmel ab. Ein paar kleine weiße Wolken. Eine Bude mit italienischem Eis, rosa und pistaziengrün. Die digitale Werbetafel leuchtete auf und erlosch, warb für Ausbildungen. Schule für Buchhaltung, Marketing. Informatik. Fleischwirtschaft.

Fleischwirtschaft, sagte Damien und verzog das Gesicht. Er ärgerte sich. Statt »Schule« hatte er »Schuld« gelesen.

Manchmal hole ich meine Mutter vom Büro ab, sagte Damien nach einer Weile. Ihr Chef ist nett, er lässt ihr viele Freiheiten, jedenfalls sagt sie das. An ihrer Wand hängt ein Kunstdruck, das Gemälde eines englischen oder amerikanischen Malers, ich weiß nicht mehr, das Bild heißt *Office at night*. Man sieht einen Mann, der an seinem Schreibtisch sitzt, im grauen Anzug, mit Krawatte, er liest einen Bericht. Fahlweißes Licht. Auf einem weiteren Tisch gegenüber steht eine riesige Schreibmaschine, ein Modell aus den vierziger Jahren. Und hinter ihm räumt eine Sekretärin auf, sie räumt Akten in einen großen grauen Metallschrank. Man sieht sie im Profil, ihre Brüste, ihren Hintern, sie trägt einen engen Rock, hohe Absätze und knallroten Lippenstift.

Jedes Mal zeigt mir meine Mutter die Reproduktion und lacht. Sie fragt mich, glaubst du, sie ist fleißig?

Damien verstummte, zuckte mit den Achseln.

Ich habe das Bild noch nie gemocht.

Jetzt …, jetzt denke ich mir, es zeigt, dass ein Büro nicht unbedingt das ist, was man annimmt …

In einem Büro kann man alles Mögliche tun, sagte Damien wie zu sich selbst.

Er ergänzte:

Ich bin noch nie im Büro meines Vaters gewesen. Einmal habe ich ihn gefragt, ich war neugierig. Aber es geht nicht. Es ist verboten.

Sie trotteten nach Hause und fingen gleich wieder an zu lesen, verbissen.

Am Schreibtisch sitzen, »Akten« bearbeiten …

Hatte er wirklich keine Wahl gehabt, hatte man ihm

eine Pistole an die Schläfe gehalten? Nein. Im Prozess wies man ihn darauf hin, dass es Beamte gegeben hatte – ganz abgesehen von denen, die in der Résistance, im Untergrund gewesen waren –, die sich geweigert hatten, Juden auszuliefern oder Deportationslisten zu erstellen, und was war mit ihnen passiert? Sie verloren ihren Posten, wurden versetzt oder in den Vorruhestand geschickt, noch nicht einmal entlassen.

Jedes Mal, wenn Papon behauptete, Menschenleben gerettet zu haben, stellte sich das als falsch heraus.

Eifer, kein Hinauszögern.

Wurde jemand eingesperrt, den er hätte freilassen können, wie der Doktor Sabatino Schinazi, Franzose, verheiratet mit einer »Arierin«, Vater »arischer« Kinder, dann rührte er anderthalb Jahre lang keinen Finger, bis der Doktor schließlich deportiert wurde.

Er setzte nie einen Fuß in das Lager von Mérignac, auch nicht in das von Drancy – das nur zur Frage, wie sehr er sich um die Menschen sorgte.

Damien und Pierre stellten ihn sich vor, sie versuchten es.

Maurice Papon, ein junger Mann, 1942 zweiunddreißig Jahre alt, in Hochform, inmitten der Geschichte, und in keiner Weise berührt von dem, was um ihn herum geschah, von der Epoche.

Umtriebig, lebendig.

Befehle befolgen, gehorchen, diese neutralen Wörter, glatt und unscheinbar, man verblasst hinter ihnen, man lebt eigentlich nicht, man läuft mit, man handelt, allein ist man nichts, es sind die Umstände, ich habe Befehle befolgt, ich hatte keine Wahl, ich habe getan, was ich konnte: Lügen, Lügen, tatsächlich traf er Entscheidungen, er unterschrieb Befehle, er bekam die Menschen nie zu Gesicht, aber er entschied über ihr Leben, und später wollte er es sich mit niemandem verscherzen. Er hatte nichts damit zu tun, aber wo er schon mal dabei war, zog er seinen Nutzen daraus.

Damien und Pierre lasen die Bücher, die Prozessakten, die Berichte, sie lasen und lasen, sie verstanden, und doch, nein, sie verstanden es immer noch nicht. Was hieß das, sie verstanden es immer noch nicht? Sie lasen die Wörter, die Sätze, die Zeilen, die Seiten, sie lasen, sie verstanden, und gleichzeitig waren die Wörter, die Sätze, die Zeilen, die Seiten eine kompakte Masse, die außerhalb blieb, der Sinn war klar, aber er blieb außerhalb, leblos und unförmig wie ein Ding, ein schweres, erdrückendes Ding, mit dem sie nichts anfangen konnten. Sie verstanden es nicht.

Damien las eine Geschichte, die er sogleich Pierre erzählte.

Marie Reille war eine junge Frau, auf die Vichys Definition einer Jüdin nicht zutraf. Ihre Mutter war Katholikin, sie hatte eine katholische Erziehung genossen, ihr Ehemann war Katholik. Dennoch wurde sie im Juli 1942 von Pierre Garat vorgeladen. Pierre Garat, sagte Damien, leitete die Abteilung für Judenfragen in Bordeaux, die Maurice Papon unterstellt war. Es handelte sich um eine Verwaltungsstelle, die für die »Arisierung« des jüdischen Eigentums zuständig war und für die Kartei, anhand deren die Verhaftungen und Deportationen vorgenommen wurden. Pierre Garat war noch sehr jung, er war gerade dreiundzwanzig Jahre alt, als er unter Papon arbeitete.

Damien verstummte.

Nur ein Jahr älter, sagte Damien, als mein Großvater.

Wieder verstummte er. Dann sagte er:

Es gibt einen amerikanischen Wissenschaftler, ich habe von ihm gelesen, er heißt Raoul Hilberg, er hat über die Vernichtung der europäischen Juden geforscht, ein Journalist zitiert einen Satz aus seinem Buch. Ich lese ihn dir vor: »Die Vernichtung der Juden war kein Zufall. Als zu Beginn des Jahres 1933 erstmals ein Ministerialbeamter eine Definition der Bezeichnung ›nichtarisch‹ in einen Richtlinienerlass hineinschrieb, war das Schicksal des europäischen Judentums besiegelt.« Der Journalist kommentiert den Satz: Wenn man anfängt, Menschen zu definieren und in Kategorien, in Schubladen zu stecken, sie auf Fälle zu reduzieren, besteht die Gefahr der Ausgrenzung. Man müsse im Übrigen nur, so schreibt er, die Zeichensetzung ändern, um von »Jude« zu »Jude!« und von dort zu »Drecksjude!« zu gelangen.

Pierre nickte.

Dieser Garat also, fuhr Damien fort, beschuldigt die junge Frau, Marie Reille, sich nicht als »Jüdin« gemeldet zu haben. Sie sagt, sie sei keine Jüdin. Er fordert sie auf, innerhalb von 48 Stunden die Taufscheine ihrer Eltern, Großeltern und Urgroßeltern vorzulegen. Natürlich kann sie das nicht. Daraufhin gibt ihr Garat einen Ausweis mit dem Stempelaufdruck »Jude«. Zwei Monate später klopfen zwei Inspektoren in Zivil an ihre Tür und bringen sie ins Lager von Mérignac. Zehn Tage vergehen. Ein deutscher Offizier kommt mit einer Liste für einen Transport nach Drancy. Pierre Garat begleitet ihn. Marie Reille steht nicht auf der Liste, die 69 Namen umfasst. Garat beugt sich zu dem deutschen Offizier: »Mit dieser eleganten jungen Frau haben Sie 70.«

Sie wird nach Drancy gebracht, dann nach Auschwitz. Sie kennt den Namen nicht, hat keine Ahnung, wo sie ist, aber im Nachhinein rekonstruiert sie die Route und das Ziel. In Auschwitz hat sie gerade genug Zeit, einen rauchenden Schornstein zu sehen, da sagen ihr die Deutschen, es handele sich um einen Irrtum, sie sei eine »arische« Katholikin. Sie wird zurück nach Frankreich gebracht, ins Hauptquartier der Gestapo, in das Hotel Lutetia in Paris. Man entschuldigt sich bei ihr. Ihr Ehemann hat Freunde im Generalkommissariat für Judenfragen. Zurück in Bordeaux wird sie erneut in die Abteilung für Judenfragen vorgeladen. Garat muss ganz schön dumm geguckt haben! Wie steht er jetzt da. Ein Gespenst! Also beharrt er darauf, sie sei Jüdin. Die Freunde ihres Mannes verschaffen ihr schließlich einen Ausweis ohne den Stempel, aber sie müssen großen Druck ausüben und persönlich nach Bordeaux kommen.

Je länger Damien Pierre von dem erzählte, was er gerade gelesen hatte, desto unruhiger wurde er, er stand auf, setzte sich wieder hin, lief im Zimmer auf und ab. Schließlich sagte er zu Pierre, findest du diese Hartnäckigkeit nicht merkwürdig?

Pierre fand die Geschichte abstoßend, aber auch nicht merkwürdiger als andere.

Er sagte:

Der Deutsche hat sie mitgeschickt, weil das eine runde Zahl ergab. Siebzig. Ist dir das klar? Eine runde Zahl.

Das ist wie die Sache mit den Zügen. Die Züge müssen ausgelastet sein. Deshalb werden weitere Menschen auf die Listen gesetzt. Wie bei den Ungarn, die eigentlich durch ein Abkommen geschützt waren und die man zu Polen machte, damit sie mitgeschickt werden konnten.

Ja, sagte Damien, ja … Er verstummte.

»Diese elegante junge Frau«, sagte Damien.

Pierre sah ihn an.

Ja, sagte Pierre. Stimmt. »Diese elegante junge Frau.«

Sie schwiegen, wie versteinert.

Nach einer Weile schüttelte Damien den Kopf und sagte:

Befehle befolgen …, von wegen.

Nach der Befreiung ist Garat zum Unterpräfekten ernannt worden, sagte Damien.

Pierre zuckte mit den Achseln. Ich weiß, sagte Pierre, ich weiß.

Pierre sagte, ich weiß, ich weiß, aber das Schweigen der französischen Gesellschaft machte ihn rasend. Wie hatte man die Fakten so lange verdrängen können, die Taten vertuschen, die Vorfälle verschweigen. Er zeigte Damien die Prozess-Aussage des ehemaligen Personaldirektors im Innenministerium, dessen Aufgabe es gewesen war, nach der Befreiung die Gutachten der »Säuberungskommission« zu bearbeiten: »Damals wurden die Judendeportationen keinem einzigen Präfekten zum Vorwurf gemacht.« Für die Einstufung als Kollaborateur, sagte

Pierre, war die Haltung zur Résistance, zur Zwangsarbeit, zum Schwarzmarkt entscheidend. Stell dir vor, sagte Pierre, als René Bousquet 1949 vor das Hohe Gericht gestellt wurde, berücksichtigte man die unzähligen Verhaftungen und Deportationen von Juden nicht. Er wurde nur wegen »nationaler Unwürdigkeit« verurteilt, also wegen seiner Beteiligung an der Regierung Laval, und sofort wieder freigesprochen, weil er angeblich Widerstand gegen die Besatzung geleistet hatte.

Später blieb François Mitterand ihm treu, er und Bousquet waren befreundet, im Präsidentschaftswahlkampf 1965 gewährte Bousquet Mitterand großzügige finanzielle Unterstützung, und Mitterand verhinderte lange Zeit, dass Anklage gegen Bousquet erhoben wurde, erst 1989 kam es erneut zu einem Prozess …

Pierre sprach mit ruhiger Stimme, aber er war nicht ruhig. Er hatte gemeinsam mit Damien zu lesen begonnen, aber jetzt fiel es ihm manchmal schwer weiterzulesen, und wenn er Damien erzählte, was er gelesen hatte, geriet er vor Wut ins Stottern. Er war außer sich, als er die Kommentare verschiedener Politiker zum Papon-Prozess wiedergab. Raymond Barre hob die Anständigkeit seines ehemaligen Ministers Papon hervor. Pierre brüllte wütend, dieser Raymond Barre habe sich selbst entlarvt, als ihm ein unglaublicher Lapsus unterlief. Ein Journalist berichtete: Als eine Bombe vor der Synagoge in der Rue Copernic explodiert war, hatte Barre die Opfer beklagt, den Tod von Juden, so sagte er, und von »unschuldigen Franzosen«.

Der Mitte-Rechts-Politiker François Bayrou bezeichnete den Prozess als vollkommen ungerechtfertigt und sagte, die Franzosen müssten endlich aufhören, »ihr Haupt mit Asche zu bedecken«. Mit Asche! Wie kann er so etwas nur sagen, was ist hier los, hatte Pierre gebrüllt, was ist hier los, macht er das mit Absicht, oder was?

Maurice Druon, der langjährige Sekretär der Académie française, der zu Gunsten des Angeklagten ausgesagt hatte, sprach von »diesen passiven Juden, die auf ihre Verhaftung warteten und an ihren gelben Sternen nähten«.

Dieses Bild, seine beleidigende Falschheit, hatte Pierre rasend gemacht. Warum es ausgerechnet dieses Bild war, wusste er nicht. Vielleicht, weil es von einer so genannten Autorität stammte, auch wenn Pierre der Académie française keinen besonderen Respekt entgegenbrachte. Oder vielleicht, weil Druon außerdem die Ansicht vertrat, dieser Prozess nütze nur Deutschland. Er sagte – das ist doch unglaublich, brüllte Pierre –, es sei widersinnig, »dass sich heutzutage die Nachkommen der Opfer mit den Nachkommen der Täter verbündeten«. Vielleicht war es aber auch nur das Bild, das den Opfern die Verantwortung für ihr Leid zuschrieb, die vorurteilsbeladene und verzerrte Weltsicht dieses Mitglieds der Akademie. Fast hätte Pierre den Tisch, an dem er las, mit der Faust zertrümmert. Damien versuchte, ihn zum Lachen zu bringen, indem er ihm von einer Zeremonie in der Akademie erzählte, die Gewänder, die Hüte, die Schwerter, er hatte es im Fernsehen gesehen, wütend schüttelte Pierre den Kopf, ich finde das nicht lustig, sagte Pierre, halt die Klappe, ich finde das nicht lustig. Er schrie schrie schrie. Besorgt sagte Damien schließlich, hör auf, du hörst dich an wie deine Mutter.

Pierre verstummte sofort, der Schreck ging ihm durch und durch. Aber dann ging es von neuem los. Geschrei, Gebrüll. Er konnte nicht anders.

Oft hatte er das Bedürfnis rauszugehen, zu laufen. Und er hatte das, wenn auch uneingestandene, Bedürfnis, sich zurückzuziehen, einen Abstand, eine Distanz zwischen sich und Damien zu bringen. Warum? Das war eben so. Seit sie sich kannten, hatten Pierre und Damien fast alle Ferien zusammen verbracht, in Paris, in der Bretagne, sie hatten immer Lust dazu gehabt. Aber jetzt hatte sich etwas verändert. Obwohl er Damien immer noch ganz nah sein wollte, obwohl er ihm immer noch erzählen wollte, was er las, und obwohl er seine Wut rauslassen, vielleicht sogar an ihm auslassen wollte, hatte Pierre das Bedürfnis, sich zurückzuziehen. Er ging nach draußen und lief durch die Gegend, nicht wie sonst zum Jardin du Luxembourg, sondern in die andere Richtung, zum Observatorium, er bog in die Avenue du Général Leclerc und gelangte zur Porte d'Orléans. Er überquerte die Brücke über den Autobahnring, machte kehrt, blieb mitten auf der Brücke stehen, stützte sich auf das Geländer und sah auf die Autos und die Lastwagen hinunter, ohne sie zu sehen. Er hatte das Gefühl, unscharf zu sehen, ein unscharfes Vorbeirauschen, eine Masse unscharfer Fahrzeuge, seltsame Formen, die sich hintereinander fortbewegten, der Lärm betäubte ihn, der Krach, die Hitze. Er dachte an nichts. Dann bemerkte er auf einem Lastwagen eine Werbung für einen Horrorfilm, und ihm fielen wieder seine Träume aus den Herbstferien ein, als Damien die Idee gehabt hatte. Die bis auf die Knochen abgemagerte alte Frau, die mit ihrem Küchenmesser herumfuchtelte, der grauenhafte gelähmte Großvater in seinem Sessel. Als er sich an die Träume erinnerte, wurde Pierre schlagartig klar, dass er inzwischen jede Nacht vom alten Élie träumte. Oder vielmehr hatte er den Traum vor Augen, ein einziges Bild, seinen Großvater, der ihn stumm anstarrte. Dieses Bild jagte ihm eine solche Angst ein, dass er den Rückweg über fast rannte, er wollte mit Damien darüber reden. Doch als er bei Damien ankam, tat er es nicht, er schwieg. Das Bild kehrte nicht mehr zurück, oder er erinnerte sich nicht mehr daran. Die Angst blieb.

Damien war erschüttert, als er erfuhr, auf welche Art die Dokumente, die den Papon-Prozess möglich gemacht hatten, entdeckt worden waren, fast vierzig Jahre nach den Ereignissen. Reiner Zufall. Über Jahre hinweg hatte ein gewisser Michel Slitinsky im Archiv des Départements Recherchen durchgeführt, um herauszufinden, wer den Haftbefehl seines Vaters und den Befehl zu dessen Transport nach Drancy unterschrieben hatte. Im Jahr 1942 ist er siebzehn Jahre alt, als eines Tages französische Polizisten vor der Tür stehen und ihn, seine Schwester und seinen Vater verhaften. Seiner Schwester gelingt es, glaubhaft zu versichern, sie sei »Französin«, und dank eines gesetzestreuen Deutschen kommt sie frei. Weder Garat noch Papon setzen sich für ihn oder seinen Vater ein, Garat sagte sogar, ihm seien die Hände gebunden gewesen. Der Vater wird nach seinem Eintreffen in Auschwitz vergast. Michel Slitinsky gelingt die Flucht, er schließt sich der Résistance an. Eines

Tages, im Jahr 1981, bringt ihm ein Wissenschaftler, der über den Weinhandel in der Kriegszeit forscht, einen Stapel Dokumente, die er im Archiv gefunden hat, er war auf Kartons mit der Aufschrift »Abteilung für Judenfragen« gestoßen. Slitinskys Name wird in diesen Papieren erwähnt. Überall prangt Maurice Papons Unterschrift. Der Archivar gewährte Slitinsky Zugang zu den Dokumenten, da sie weder die nationale Sicherheit noch die Privatsphäre betrafen, was ihre Einsicht auf sechzig Jahre verhindert hätte. Damien konnte es nicht fassen. Mehrere Tage hintereinander wurde er von Albträumen geplagt, und selbst wenn er wach war, sah er Papierstöße und Kartons, Flure und Türen, Türen, durch die man zu weiteren Türen kam, leere Zimmer, voll gestellte Zimmer, Aktenstapel, die zu Staub zerfielen, unlesbare Seiten, nicht zu entziffernde Dokumente, er dachte an das Archiv des Départements, er stellte es sich als einen gigantischen Palast vor, die Kehrseite eines Palastes, mit anderen Worten, als einen Ort des Schreckens.

Das Wissen war da, doch man hatte keinen Zugang zu ihm.

Und er, Damien, irrte darin umher.

Wenn der Archivar nicht gewesen wäre, sagte Damien, »ein guter Mann«, oder wenn es ihm scheißegal gewesen wäre, oder wenn er die Vorschriften enger ausgelegt hätte … Was wäre dann passiert?

Ein Wort verfolgte Damien. Er hatte gelesen, dass eine Historikerin die Archive wegen der Art und Weise ihrer Verwaltung und der erschwerten Akteneinsicht als »eine totalitäre Enklave in unserem demokratischen System« bezeichnet hatte.

Es ist das Wort Enklave, sagte Damien zu Pierre.

Hatte sein Großvater, oder nicht, hatte er, Damien, oder nicht, hatte …

Mir kommt es so vor, sagte Damien, als wäre diese Enklave in meinem Kopf, es fühlt sich so an, als gäbe es in meinem Kopf mehrere einzelne, voneinander getrennte Fächer.

Ich ziehe eine Schublade auf, dann noch eine, in einer Ecke stoße ich auf eine Kiste, es gibt so viele Kisten, so viele Papierstapel. Papierstapel und Staub. Mir kommt es so vor, als wüsste ich nichts, als werde ich nie etwas wissen. Und gleichzeitig habe ich das schreckliche Gefühl, bereits alles zu wissen. Ich weiß alles, und das bringt mich um.

Ich will hinsehen, ich habe keine Angst, ich habe nichts zu verlieren. Mir ist heiß, meine Mutter glaubt, ich hätte Fieber, mir ist kalt, ich fühle mich kalt wie der Tod.

Sie waren außerhalb der Zeit. Zehn Tage waren vergangen, die Ferien waren fast um, sie waren mit den Vorbereitungen für die Schule fertig, sie lasen weiterhin wie besessen.

Damien hatte im Gegensatz zu Pierre nicht das Bedürfnis, sich zurückzuziehen, er wollte ihm alles, was er las, sofort erzählen, er musste sich bremsen, es nicht zu tun. Er las unermüdlich, aber ein paar Mal passierte ihm etwas Unangenehmes. Er las, und plötzlich löste sich das, was er las, von ihm ab, es war nur noch durch den Blick, der über die Seite glitt, mit ihm verbunden, es hatte nichts mehr mit ihm zu tun, es war egal, gleichgültig, außerhalb, er las nur noch mühsam, und dann war das Lesen plötzlich nicht mehr losgelöst von ihm, sondern erdrückend, erstickend. Ich kann nicht mehr, sagte Damien zu Pierre, manchmal halte ich es nicht mehr aus, und gedankenlos fügte er hinzu, all diese Akten. Er schwieg eine Weile. Pierre zuckte mit den Achseln, was Damien überraschte und ihn beinahe verletzt hätte, aber dann sagte er, dass er es verstehe.

Was wollte er bloß, dieser Papon, hatte Damien irgendwann gefragt, und seitdem kehrte die Frage immer wieder, sie hing in der Luft, sie war immer da. Sie lasen, sie stellten sich die Frage, sie liefen durch die Straßen, sie beschäftigten sich mit der Frage, sie kamen nach Hause und hatten den Eindruck, die Frage warte bereits auf sie, die Frage hatte sich in Damiens Zimmer eingenistet, sie hatte es sich auf dem Bett bequem gemacht oder saß am Tisch, aufrecht und anmaßend, was wollte er bloß, was wollte er bloß, sie lauerte zwischen den Buchseiten, hinter den CD-Stapeln, Damien und Pierre gingen auf den Balkon, und auch da war sie schon, was wollte er bloß, dieser Papon.

Polizisten schoben die Menschen in die Züge, das hatten sie gelesen, sie durchwühlten die Koffer der deportierten Juden und stahlen ihre Sachen, sie sahen diese abstoßende Bewegung, schieben, stehlen, jemanden schieben, die Menschenmenge schieben, in ein Zugabteil pferchen, die Menschen schreien, sie werden zerdrückt, man schiebt weiter und man bedient sich, man durchwühlt einen Koffer, man bedient sich, sie sahen die Handbewegung, die Anstrengung, die Anspannung, die verzerrten Gesichter, die Flüche. Andere Polizisten befolgten die Vorschriften »mit Anstand, Taktgefühl und Menschlichkeit«, so stand es jedenfalls in einem Bericht des Innenministers von 1943, es ging um Verhaftungen »ohne Altersbeschränkung, Ausnahmen werden nur bei gelähmten oder blinden Personen gemacht«. Aber wo war die Menschlichkeit eines Polizeibeamten, der ein vierundachtzigjähriges Ehepaar verhaftet hatte, das Ehepaar W..., und der in dem Bericht an seine Vorgesetzten schrieb: »W... hat sich eine Zigarette angesteckt. Sie ist ihm aus der Hand gefallen. Er hat sich gebückt und sie aufgehoben, was beweist, dass er sehen kann.« Damien und Pierre zuckten angewidert mit den Achseln. Sie sahen ihn, diesen fleißigen Polizeibeamten, der sich Notizen machte, aber das, was sie sahen, war gerade nicht seine Menschlichkeit. Seine grausame Art, seine gewissenhafte Art war im Grunde nur eine andere Form der Verbissenheit, die einige Reporter an den Tag legten, die sie sich an ihren Schreibtischen vorstellten, wo sie auf ihre Schreibmaschinen einhackten. Was sie schrieben? Damien und Pierre lasen, die Wanderausstellung »Der Jude und Frankreich« habe in Bordeaux einen großen Erfolg gefeiert. Die lokale Tageszeitung *La Petite Gironde* berichtete: »Der Volksmund sagt, bei einem Verbrechen müsse man stets nach der Frau suchen, die dahintersteckt. Fortan wissen wir, dass wir bei allen Miseren, Konkursen, finanziellen Katastrophen, Skandalen oder Kriegen nach dem Juden suchen müssen, der dahinter steckt.«

War diesem entfesselten Reporter an seiner Schreibmaschine eine romantische Haarsträhne ins Gesicht gefallen, oder hatte er einen militärischen Bürstenschnitt getragen, war er spindeldürr oder kugelrund gewesen? Damien und Pierre erstellten ein Phantombild und sagten immer wieder, der Typ ist krank, der Typ ist so was von krank. Wäre das alles nicht so tragisch gewesen, hätte dieser Typ nicht so große Macht gehabt, dann wäre das alles lächerlich, sagten sie sich, so dumm war es.

Plötzlich war Pierre in irres Gelächter ausgebrochen, in ein irres, nervöses, schrilles Gelächter, das wehtat. Unter Schluckauf stieß er hervor, die Frauen und die Juden, die Frauen und die Juden, er bekam nichts anderes heraus, er schüttelte sich vor Lachen. Damien musste auch lachen. Die Juden und die Frauen, wiederholte Damien, die Juden und die Frauen. Eine ganze Weile sahen sie sich an und lachten, ohne Freude zu empfinden.

Bei diesen Polizisten, bei diesen Reportern sahen Damien und Pierre etwas, zumindest hatten sie den Eindruck, ein verzerrtes Gesicht, eine Anspannung, die Augen, die Stimme, den Körper. Doch bei diesem Maurice Papon, der in seinem Büro über seinen Akten saß, nein, bei dem sahen sie nichts.

Es gab ein paar Fotos, Papon als junger Mann, Papon vor Gericht. Damien und Pierre versuchten, sie zu entziffern, vergeblich.

Befehle befolgen, es sich mit niemandem verscherzen, sagen, man habe nichts damit zu tun gehabt, seinen Nutzen daraus ziehen.

Seinen Nutzen. Welchen Nutzen? Sie verstanden es nicht.

Sie erstellten eine Liste.

Ein schönes Büro.

Ein teurer Kronleuchter.

Eine Markenuhr.

Schöne Anzüge.

Eine Sekretärin.

Teure Weine trinken, Feinschmeckermenüs essen. Die beiden letzten Punkte strichen sie wieder, sie wussten nicht, ob es so etwas im Krieg gegeben hatte, ob Maurice Papon Lebensmittel vom Schwarzmarkt bezogen hatte.

Es zu etwas bringen, für seine Verdienste gewürdigt werden, Anerkennung bekommen.

Dabei sein, mitten drin sein, dort, wo die Fäden zusammenlaufen.

Durch die Straßen gehen und erkannt werden, gegrüßt, beneidet.

Einer derjenigen sein, die Entscheidungen treffen, die Anweisungen geben.

Was für Anweisungen? Anweisungen.

In Zusammenhang mit Maurice Papon erwähnten Journalisten oft die Nürnberger Prozesse von 1945, in denen der Straftatbestand des Verbrechens gegen die Menschheit definiert wurde, und sie erwähnten Adolf Eichmann, den SS-Obersturmbannführer, der von israelischen Agenten in Argentinien entführt und 1961 in Jerusalem vor Gericht gestellt worden war. Damien und Pierre stießen auf ein Buch, das den Eichmann-Prozess in allen Einzelheiten schilderte, sie lasen es in einem Zug durch, irgendwann stellten sie fest, und das steigerte ihr Interesse noch, dass die Autorin eine Philosophin war, die Madame Martin oft zitierte, Hannah Arendt.

Das Buch gab Eichmanns Worte ausführlich wieder. Von Anfang an fiel Damien und Pierre der Gegensatz zwischen dem kleinkarierten Charakter des Angeklagten und dem Ausmaß der von ihm begangenen Verbrechen auf. Immer wieder wies Arendt auf diesen Gegensatz hin. Ihr Ton war schonungslos, sarkastisch, distanziert, was die Lektüre erleichterte, und Damien und Pierre lasen schnell, wie getrieben.

Adolf Eichmann hatte seiner eigenen Aussage zufolge im Leben viel Pech gehabt: Ohne Schulabschluss fand er nur mühsam Arbeit. Auf Anraten eines Freundes trat er der SS bei. Nach einem beschwerlichen Anfang, bei dem er sich zu Tode langweilte, wurde er zum Fachmann in der »Judenfrage«, weil er so ein fähiger Verwaltungsmensch war. Er war zunächst für die Vertreibungen zuständig, dann für die Lager und schließlich für die Morde, denn er war einer der Organisatoren der »Endlösung«. In dem Buch wurde er nicht als blutrünstiges Ungeheuer oder Sadist dargestellt, noch nicht einmal als fanatischer Antisemit. Er war ein unscheinbarer, übereifriger Mann, der nichts anderes wollte, als zu tun, was er als seine Pflicht ansah, und seinen Vorgesetzten zu gehorchen. Zu seiner Verteidigung führte er sogar Kants Moralgesetz an. Er war Mitglied der SS geworden, ohne das Parteiprogramm der Nazis zu kennen, und seine Bewunderung für Hitler begründete er mit den Worten: »Hitler mag hundertprozentig Unrecht gehabt haben, aber eins steht jenseits aller Diskussionen fest: der Mann war fähig, sich vom Gefreiten der deutschen Armee zum Führer eines Volkes von 80 Millionen emporzuarbeiten. Sein Erfolg allein beweist mir, dass ich mich ihm unterzuordnen habe.« Eichmann empfand eine körperliche Abneigung gegen das Töten, und er geriet während des Prozesses nur ein einziges Mal in Wut, als man ihm zu Unrecht vorwarf, einen jüdischen Jungen totgeschlagen zu haben. Er verkraftete die Besuche in den Lagern schlecht, obwohl er sie aus der Ferne verwaltete. Einen Befehl zu verweigern war für ihn unvorstellbar. Deshalb klangen seine Aussagen, die Damien und Pierre kopfschüttelnd und ungläubig lasen, auch so merkwürdig.

Eichmann berichtete von seinem Besuch in Lublin, bei dem man ihn zu einigen kleinen Holzbaracken brachte und ihm »mit einer gewöhnlichen, ungepflegten, rauen Stimme« erklärte, hier würde »ein Motor eines russischen U-Bootes arbeiten und die Gase dieses Motors würden hier hineingeführt werden, und dann würden die Juden vergiftet werden. Das war auch für mich ungeheuerlich«, sagte Eichmann während des Prozesses. »Ich bin keine so robuste Natur, die ohne irgendwelche Reagenz irgendetwas über sich in dieser Art ... ergehen lassen kann. Wenn ich heute eine klaffende Schnittwunde bei einem Menschen sehe, dann kann ich nicht zusehen. Ich gehöre zu dieser Kategorie von Menschen, so dass man mir oft sagte, ich hätte kein Arzt werden dürfen. Ich weiß es auch jetzt noch, wie ich mir darunter sofort die Sache bildlich darstellte, und dass ich irgendwie auch unsicher in meinem Gehabe wurde. Als ob ich irgendeine aufregende Sache hinter mir hätte, wie das eben schon mal so vorkommt, dass man nachher wie ein leises inneres Zittern hat.«

Ein anderes Mal schickt ihn Müller, sein Vorgesetzter, nach Minsk. »In Minsk werden die Juden erschossen, möchte Bericht haben, wie das vor sich geht.« Was sieht er dort? »Wie junge Schützen mit dem Totenkopf auf den Spiegeln hier in eine Grube schossen.« Und später in Lemberg, wo er doch eigentlich Erholung suchte, »da war eine Grube gewesen, die war aber schon zu. Da quoll, wie ein Geysir ... ein Blutstrahl heraus. Auch so etwas habe ich nie gesehen. Mir reichte der Auftrag, ich bin nach Berlin gefahren und habe dem Gruppenführer Müller das berichtet.«

Das ist unglaublich, sagte Damien, wenn es nicht wirklich geschehen wäre, würde man es nicht glauben. Er meinte nicht nur die Vorfälle, sondern auch, wie Eichmann darüber sprach. Der einzige Milderungsgrund, den Eichmann im Prozess anführte, war grotesk: Er habe sich bemüht, »unnötige Härten nach Möglichkeit zu vermeiden«. Pierre unterstrich einen Satz von Hannah Arendt: »Gelegentlich bricht die Komik in das Grauen ein und bringt dann Geschichten hervor, an deren Wahrheit kaum zu zweifeln ist, deren makabre Lächerlichkeit aber alles übertrifft, was dem Surrealismus zu diesen Dingen je hätte einfallen können.«

Eichmann trifft in Auschwitz auf einen Mann namens Storfer, einen Vertreter der jüdischen Gemeinde, der ihm von Wien her bekannt war. »Er hat mir sein Leid geklagt … Und dann sagte mir Storfer – sagte ich ihm, wie es ihm geht – sagte er: Ja, er möchte doch bitten, ob er nicht arbeiten brauchte, es wäre Schwerstarbeit.« Aber Höß, der Lagerkommandant, sagt, alle müssten arbeiten. Also schreibt Eichmann eine Aktennotiz, damit man Storfer dazu einteilt, mit dem Besen die Kieswege in Ordnung zu halten, »und dass er das Recht hat, sich jederzeit mit dem Besen auf eine der Bänke zu setzen. Sage ich: Ist das recht, Herr Storfer? Passt Ihnen das? … Das war für mich eine große innere Freude gewesen, dass ich den Mann, mit dem ich so lange Jahre, den ich so lange Jahre zumindest sah – und man sprach.« Sechs Wochen nach diesem Treffen war Storfer tot, schreibt Arendt, aber das erwähnt Eichmann nicht.

Arendt fragt sich, ob das »der klassische Fall pathologischer Verlogenheit, gepaart mit abgründiger Dummheit« sei, und hebt die Bedeutung der Klischees hervor, wie sie es nennt, der abgedroschenen Phrasen, die das Denken ersetzen, eine Scheinwirklichkeit erzeugen und den Leuten den Realitätssinn rauben, den Leuten, aber vor allem einem selbst. »Verständigung mit Eichmann war unmöglich, nicht weil er log, sondern weil ihn der denkbar zuverlässigste Schutzwall gegen die Worte und gegen die Gegenwart anderer, und daher gegen die Wirklichkeit selbst, umgab.« Arendt spricht von »Klischees«, sogar von »erhebenden Klischees«. Dieser Begriff prägte sich Damien und Pierre ein: Wenn Eichmann ein Schlagwort, eine Redensart in den Sinn kam, war er glücklich, als wäre das etwas, an dem er sich festhalten könnte, aber da war nur Leere, Nichts. Für ihn war das ein erhebendes Gefühl, schreibt Arendt, für alle anderen jedoch war es wertlos, hohl, ohne jeden Sinn. Heiße Luft.

Den Krieg beschreibt Eichmann mit einer von Hitler oder Goebbels geprägten Phrase als »Schicksalskampf des deutschen Volkes«, eine genauso abgedroschene Phrase wie andere, auf die Eichmann immer wieder zurückgreift: »Dies sind Schlachten, die künftige Generationen nicht mehr schlagen müssen«, oder: »Wir wissen wohl, wir muten euch ›Übermenschliches‹ zu, wir verlangen, dass ihr ›übermenschlich unmenschlich‹ seid.« Eichmanns letzte Worte vor seinem Tod waren genauso lächerlich: »In einem kurzen Weilchen, meine Herren, sehen wir uns ohnehin alle wieder. Das ist das Los aller Menschen. Es lebe Deutschland. Es lebe Argentinien. Es lebe Österreich. Ich werde sie nicht vergessen.«

Damien und Pierre hatten sehr schnell gelesen. Verstört, wie vor den Kopf geschlagen. Sie sagten immer wieder, so ein Schwachsinn, so ein Schwachsinn. Das ist ja wohl ein schlechter Scherz, dieser Ausruf kehrte immer wieder, so auch als Eichmann, nachdem er seine Beteiligung an der »Endlösung« bereitwillig zugegeben hatte, sagte, nun würde er gerne »mit seinen ehemaligen Gegnern Frieden schließen«. Wie Himmler, der, als ihm klar wurde, dass der Krieg verloren war, den Befehl gab, die Vernichtungsmaschinerie in Auschwitz anzuhalten und die Juden gut zu behandeln, »sein bestes Kapital« für Verhandlungen mit den Alliierten, so dachte er. Oder aber wie Robert Ley, der Leiter der Arbeitsfront, der in Nürnberg vorschlug, einen »Versöhnungsausschuss« zu gründen, gebildet aus den Nazimördern und den überlebenden Juden …

War es ein schlechter Scherz, oder war Eichmann – noch so ein Satz von Hannah Arendt, den Pierre angestrichen hatte und den er mit unterschiedlichen Betonungen immer wieder vor sich hin sagte, als wollte er ihn in all seinen Nuancen begreifen –, war er ganz einfach »nicht imstande, vom Gesichtspunkt eines anderen Menschen aus sich irgendetwas vorzustellen«? Damien und Pierre lasen diesen Satz und spürten eine unerträgliche Angst in sich aufsteigen. Sie lasen und lasen, sie hielten inne, sie lasen weiter, manchmal redeten sie darüber. Das ist, als sagt er, das Spiel ist aus, Schluss, vorbei, jetzt kommt was Neues, sagte Damien, nichts zählt, alles ist egal, du kannst machen, was du willst, wenn es klappt, umso besser, wenn nicht, machst du eben was anderes. Ich versteh das einfach nicht.

Als sie das Buch durchgelesen hatten, es war der letzte Ferientag, lagen sie apathisch auf dem Bett herum und grübelten vor sich hin.

Plötzlich richtete Damien sich auf und sagte:

Erinnerst du dich noch, was er über die Wannsee-Konferenz gesagt hat?

Die Wannsee-Konferenz?, fragte Pierre.

Die Konferenz, auf der die »Endlösung« beschlossen wurde, sagte Damien. Eichmann hatte den Auftrag, sie zu organisieren.

Pierre sah ihn schweigend an.

Damien griff nach dem Buch.

Er hat gesagt: »Und zum ersten Mal sah ich Heydrich rauchen und trinken.« Heydrich war einer der mächtigsten Männer des Reichs.

Er schlug das Buch auf und suchte nach der Stelle.

»Eichmann amtierte als Sekretär der Konferenz. Deshalb durfte er auch, nachdem die Würdenträger des Staates gegangen waren, noch mit seinen Vorgesetzten zusammenbleiben. ›Ich weiß noch, dass im Anschluss an diese Wannsee-Konferenz Heydrich, Müller und meine Wenigkeit an einem Kamin gemütlich saßen … Und zum ersten Mal sah ich Heydrich rauchen und trinken.‹«

Das sagt er über die Wannsee-Konferenz, bei der die »Endlösung« geplant wurde, sagte Damien.

Sie schwiegen eine Weile.

Damien wiederholte:

»… und zum ersten Mal sah ich Heydrich rauchen und trinken.«

Daran erinnert er sich, wenn er an die Wannsee-

Konferenz zurückdenkt. Er sitzt neben Müller, seinem Chef, und Heydrich. Nur das ist ihm wichtig, nur das ist ihm im Gedächtnis geblieben. Während der Konferenz, bei der die »Endlösung« geplant wurde, zählte nur das für ihn.

Das Bild, das er vor Augen hat, sagte Damien noch einmal, sein ganz persönliches Erinnerungsfoto, zeigt ihn am Kamin, mit seinem Chef und Heydrich, einem der mächtigsten Männer des Reichs. Der Rest existiert nicht.

Das Foto, das er sich bewahrt hat, wiederholte Damien, zeigt ihn im Kreis der Mächtigen. Der Rest, die Welt, die anderen sind unwichtig, sie existieren nicht.

Pierre schüttelte den Kopf.

Der Unterricht hatte wieder begonnen. In sechs Wochen waren die Abiturprüfungen, und sie bereiteten sich verbissen darauf vor. Aber gleichzeitig waren sie in der Klasse, in der Schule, vor ihren Büchern nicht da, sie waren anderswo.

Sie dachten die ganze Zeit an die Frau aus der Rue Delambre. Was dachten sie? Nichts. Leere Gedanken. Sahen sie das Gesicht, den Körper, die Kleidung? Nein, nichts. Das Wort »verschwunden« spukte ihnen im Kopf herum. Oder: »wie vom Erdboden verschluckt«.

Alles erschien ihnen falsch. Die Frau, die sie vor sich sahen, Madame Martin zum Beispiel, war keine Frau. Was war sie dann? Sie konnten es nicht sagen, und sie sprachen es auch nicht aus, das ist keine Frau. Es war einfach so, dass sie nicht war, was sie sein sollte, was sie hätte sein sollen, eben eine Frau. Das Klassenzimmer war kein Klassenzimmer. Der Flur war kein Flur. Und das galt für alles. Vor dem, was da war, draußen, was ihnen begegnete, hielten sie kurz inne, ganz kurz, und gingen dann innerlich auf Abstand, als schüttelten sie den Kopf, sachte, ganz sachte: Nein. Sie sprachen es nicht aus, dieses Nein, aber sie spürten es. Das Auto, das die Straße entlangfuhr, war kein Auto, das die Straße entlangfuhr. Ein Mann, der vor einem Schaufenster stehen blieb, war kein Mann, der vor einem Schaufenster stehen blieb. Die Farben waren keine Farben, und auch der Himmel war falsch, völlig falsch.

Aber was bedeutete das, falsch? Nicht wahr, falsch.

Beide empfanden sie dasselbe. Sie redeten nicht darüber, sie fassten die Stunden, die verstrichen, und den Tag, der vorbeiging, nicht in Worte, aber sie sagten immer wieder, so geht das nicht, so geht das nicht.

Sie bemühten sich, in ihren Köpfen keinen Raum zu lassen, sie arbeiteten unaufhörlich, aber hinter dem, was sie lernten, hinter den Schulfächern, den Zusammenfassungen, den Fragen, lauerte das Gefühl, die körperliche Empfindung, dass alles falsch war. Lernen war nicht lernen. Der Himmel war kein Himmel. Ein Auto war kein Auto. Ein Zug war kein Zug. Eine Frau war keine Frau.

Das Leben ging weiter, sie waren mittendrin, und doch waren sie nicht da, überhaupt nicht. Schlafwandelten sie? Es war auch kein Traum.

Erdrückt. Sie wurden erdrückt.

Im Philosophieunterricht reagierten sie nicht, sie schienen zuzuhören, aber sie reagierten nicht. Madame Martin bemerkte die Veränderung, sie rief sie nach dem Unterricht zu sich, erkundigte sich freundlich, was los sei, sie lächelte und ließ nicht locker, Pierre hatte kein Wort zu Thomas' Referat über Spinoza gesagt, das sei doch sonst nicht seine Art. Möglicherweise vermisste sie auch Damiens paradoxe und provokative Wortmeldungen. Sie wichen ihr aus, wir sind müde, sagte Damien, wir sind am Ende, aber wir kommen schon klar.

Sie wollten auf keinen Fall mit Madame Martin sprechen.

In den anderen Fächern war es leichter. Sie lernten mechanisch. Immer noch sehr gute Noten.

Am Ende der Woche, am Freitag, erzählte Pierre Damien morgens, als er zur Schule kam, er habe einen Albtraum gehabt, er wollte mit ihm darüber reden, aber nicht hier, draußen, im Luxembourg. Sie schleppten sich durch den Tag, Pierre war düster, düster, und Damien hatte überhaupt keine Lust, sich den Albtraum anzuhören. Nach der Schule gingen sie in den Park. Pierre starrte zu Boden. Damien sagte, und? Pierre sah ihn an, die Augen weit aufgerissen, er sah mager aus, fiebrig.

Er sagte:

Das gibt's nicht, was ich geträumt habe.

Damien wartete und schwieg.

Ich habe geträumt, ich lehne an einer Mauer und Menschen ziehen vorbei, langsam, wie in Zeitlupe, schweigend, sie sehen grauenvoll aus, wie Gerippe, graue Haut, kurz geschorenes Haar, sie sehen aus wie, ich weiß nicht, wie Gefangene, wie Gespenster, eine Menschenmasse, aber allmählich wird mir klar, dass sie alle gleich aussehen, sie sind alle gleich, ich kann ihre Gesichter nicht erkennen, aber ich weiß, dass sie alle gleich sind, sie tragen die gleiche graue, zerlumpte Kleidung, sie ziehen weiter an mir vorbei, Massen, Massen von Menschen, den ganzen Traum über hatte ich dieses Wort im Kopf, das Wort Masse, und dann, und dann …

Pierre verstummte.

Und dann?, fragte Damien.

Dann, sagte Pierre, sehe ich ein Gesicht, jemand dreht sich um, und ich sehe das Gesicht.

Er schüttelte den Kopf. Damien sah ihn an.

Es war sie. Alle, jedes Mal, es war immer sie.

Damien zuckte mit den Achseln.

Er sagte zu Pierre, das hab ich mir gedacht.

Ich wusste es, sagte Damien. Ich hab es mir gedacht.

Er legte Pierre eine Hand auf die Schulter und nahm ihm die Tasche ab. Komm, sagte Damien, wir drehen eine Runde. Heute rennen wir nicht, du bist nicht in Form, aber wir drehen eine Runde.

Anschließend brachte Damien Pierre bis vor die Haustür. Pierre legte sich ins Bett und schlief bis zum Mittag des nächsten Tages. Er stand auf, arbeitete für die Schule, half Joëlle, kaufte für seine Mutter ein und ging früh ins Bett.

Damien ging sein Großvater nicht mehr aus dem Kopf. Was hatte er getan, was hätte er tun können. René Durand hatte damals keine große Verantwortung getragen, er war zu jung, zu unbedeutend, zu neu in dem Beruf gewesen. Jedenfalls redete sich Damien das ein, er versuchte es sich einzureden, im Grunde fragte er es sich. Trotzdem, was hatte er getan, was hatte er gedacht? Selbst wenn er nichts getan hatte, wie hatte er das gemacht? Hatte er später über das, was er damals gedacht hatte, geredet? Hätte er, Damien, es wissen können? Es verstehen, es wissen? Konnte es auf ihn übergegangen sein, einfach so, obwohl nie darüber geredet worden war?

Befehle befolgen.

Arbeiten.

Clermont-Ferrand.

Eine Stelle haben. Was tun?

Nie eine rassistische, antisemitische Bemerkung.

Aber arbeiten? Befehle befolgen, welche?

Kein Grund, kein Motiv.

Was wollte René Durand? Was hatte er gewollt?

Dann kam der Sonntag. Damien erwachte plötzlich aus seiner Apathie. Er entwickelte eine Besessenheit, beobachten, seinen Großvater beobachten, aufmerksam und argwöhnisch.

Er wollte ihn nicht fragen, nur belauschen, überwachen. Ihn ertappen. Wobei ertappen? Ihn ertappen.

Seinen Standpunkt bestimmen, ihm eine Falle stellen.

Er beobachtete auch seine Mutter, seinen Vater. Rosine, schön, so schön, blondes Haar, federleicht, frühlingshaft, Kleid mit Blumenmuster, Dekolleté, und Marcel, genau wie er selbst, lächelnd, abwesend.

Alle drei waren gut gelaunt und aßen mit Genuss das leckere Essen, das Rosine gekocht hatte.

Wir haben in der Schule über die Résistance gesprochen. Warst du im Widerstand?, fragte Damien mitten beim Essen. Kaum hatte er die Worte ausgesprochen, hatte er das Gefühl, etwas Unanständiges, Obszönes gesagt, eine anstößige Frage gestellt zu haben.

Ich habe auf meine Art Widerstand geleistet, antwortete René lächelnd, er sah Damien an, aber vor allem sah er Rosine an, er hatte ihr Kleid und ihr Essen sehr gelobt. Ich habe so wenig wie möglich gearbeitet, so lauteten im Übrigen auch die Anweisungen der Vorgesetzten, jedenfalls der meisten. Du weißt nicht, wie das ist, ein besetztes Land.

Ich wollte nie in die Politik.

Ich war immer der Meinung, dass ich meinem Land am besten mit meinen Kenntnissen, meinen Fähigkeiten und meinem Sachverstand diente. Der Staat durfte nicht untergehen. Organisieren, verwalten, das ist unentbehrlich.

Ideale sind ja schön und gut, aber man muss auf dem Boden der Tatsachen bleiben.

Zum Glück hatte ich meine erste Stelle in der Provinz, in der Provinz war es zwar langweilig, aber ich habe eine Menge gelernt.

Wie langweilig es in der Provinz ist, sagte Rosine, das wissen wir.

Das mit den Ausländern, den Juden, das war schrecklich, sagte René. Wir wussten nichts Genaues, aber ehrlich gesagt haben wir etwas geahnt. Wer heute sagt, er habe nichts gewusst, der lügt.

Aber man musste vorsichtig sein, Vorsicht war auch eine Art von Widerstand.

Wir warteten auf die Alliierten, wir sagten uns, dass wir alles für die Zeit nach der Besatzung vorbereiteten.

Ich war nur ein kleiner Beamter, der seine Arbeit tat.

Damien hörte zu und fragte sich, er konnte keinen anderen Gedanken fassen, was sein Großvater wollte, was er gewollt hatte.

Plötzlich, als sie fast fertig mit dem Essen waren, sie waren beim Käse, fühlte Damien sich seltsam, sehr seltsam, er krümmte sich auf dem Stuhl.

Er bat darum, aufstehen zu dürfen. Vor seiner Zimmertür packte ihn die Angst, eine Vorahnung, er schob sie beiseite. Er stieß die Tür auf und ging hinein. Auf dem Bett saß mit baumelnden Beinen ein Clown, der ihn hämisch angrinste.

Ein dicker Clown, dreckig, schäbig, unrasiert, mit gelbem Halstuch, blauweiß gestreiftem Hemd, einer kleinen schwarzen Weste mit großen Knöpfen, einer schlabbrigen Hose, dicken Strümpfen und Sandalen. Vielleicht wegen der Streifen sah er aus wie ein Sträfling. Damien hatte furchtbare Angst. Erstarrt blieb er in der Tür stehen und sagte leise, hau ab.

Am meisten Angst hatte er, weil er nicht überrascht war. Er hörte sich noch einmal leise sagen, hau ab. Er fügte hinzu, ich wusste, dass du hier sein würdest, hau ab.

Der Clown sah ihn spöttisch an. Dann sagte er, ausgerechnet du sagst mir, ich soll abhauen?

Damien trat einen Schritt ins Zimmer, der Clown verschwand.

Damien stand da und starrte verängstigt auf das leere Bett. Schweißgebadet, kalter Schweiß. Zugleich hörte er den Satz, den ungeheuerlichen Satz, er hallte wider, er füllte den Raum, du bist dabei verrückt zu werden. Er trat auf den Balkon und sah hinunter auf den Boulevard.

Er ging zurück ins Esszimmer und sagte, er müsse an die frische Luft. René erzählte Rosine eine Anekdote, Marcel träumte vor sich hin, alle sagten, geh nur, geh nur.

Als er draußen war und die Straße entlanglief, erinnerte sich Damien: Clown, das war aus dem Buch über Eichmann, die Autorin schrieb, Eichmann sei zwar offensichtlich kein Ungeheuer, aber es sei schwer, sich des Verdachts zu erwehren, dass er ein Hanswurst sei, ein Clown. Das Wort traf ihn so heftig, dass er sich auf eine Bank setzen musste. Ihm war heiß und kalt, er zitterte fast. Clown, alles erschien ihm clownesk. Grotesk. Absurd. Albern. Lächerlich. Clown.

Was wollten sie bloß alle?

»Alle«, das waren sein Großvater, seine Mutter, sein Vater. Alle.

Hohl und leer.

Absurd und nichtig.

Arbeit macht gesund.

Arbeit macht frei.

Organisieren, managen.

Verwalten.

Technische Probleme.

Gehorchen, seinem Land dienen.

Die Provinz.

Sich langweilen.

Karriere, Karriere.

Erfolg haben.

Ein Gefreiter der deutschen Armee, der Kanzler eines Reichs von 80 Millionen geworden ist.

Und zum ersten Mal habe ich Heydrich rauchen und trinken sehen.

Es lebe Deutschland. Es lebe Österreich. Es lebe Argentinien.

Produzieren und konsumieren.

Essen kochen, in der Küche stehen.

Motoren zeichnen, Skizzen anfertigen.

Zirkulieren.

Transporte gewährleisten.

Bahnhöfe verwalten, Züge verwalten.

Eisenbahnalltag.

Befehlen, führen.

Was führen? Führen.

Er senkte den Kopf, starrte zu Boden. Natürlich erschien das Gesicht des Clowns.

Er zuckte mit den Achseln und sagte laut, ich wusste es.

Der Clown verzog das Gesicht, schnitt eine Grimasse. Dann sagte er, und sobald Damien die Worte hörte, erinnerte er sich, es war ein Zitat aus dem Buch:

Ach ja, du wusstest es? Du kannst mir sowieso nichts. Denn ich, sagte der Clown, habe diese schaurige Begabung, mich mit Klischees zu trösten.

»Diese schaurige Begabung, sich mit Klischees zu trösten.« Damien stampfte mit dem Fuß auf. Der Clown verschwand mitsamt seinem hämischen Grinsen.

Nach einer Weile stand Damien auf. Er schlug den Weg zum Observatorium ein und dachte an nichts. Mit leerem Kopf ging er weiter bis zum Jardin du Luxembourg, drehte eine große Runde durch den Park und kehrte zurück nach Hause. Sein Großvater war mit seiner Mutter auf den Friedhof gegangen, sein Vater saß im Wohnzimmer und las. Über dem Tisch und den Esszimmerstühlen, rings um die Wohnzimmersessel, über den Büchern in den Regalen schwebte, kreiste ein Licht, ein schweres, erdrückendes, staubiges Licht. Damien ging in die Küche, nahm sich ein Bier, setzte sich an den Tisch und arbeitete bis zum Abend für Mathe und Physik.

Pierre hatte einen schrecklichen Sonntag. Er stand spät auf und begann lustlos zu arbeiten. Für den Nachmittag hatte Sarah ihre Freundinnen eingeladen, Sibylle und Suzette, beide sehr alt und runzelig, Sibylle lustig und fröhlich, Suzette nicht, Suzette überhaupt nicht. Suzette sagte Sachen wie, in den Apotheken ist die Klimaanlage immer viel zu kalt eingestellt, sicher mit Absicht, damit wir krank werden …, oder: im Bahnhof sind die Fahrpläne immer so klein gedruckt, dass man sie kaum lesen kann, sicher mit Absicht, damit wir in den falschen Zug steigen … Normalerweise riss Pierre sich zusammen und war nett zu ihr, denn Sarah mochte Suzette sehr. Doch diesmal fand er sie unerträglich. Raymond war nicht zu Hause, Élie sah fern, Anna schmollte, Joëlle servierte Tee, es gab Nussplätzchen, Schokoladenplätzchen, Marmeladenplätzchen, Mohnplätzchen und Apfelstrudel. Pierre kostete alles, stopfte alles in sich hinein, hinterher war ihm schlecht. Er fühlte sich, als hätte ihm jemand einen Sack Zucker in den Magen gekippt, alles vermischte sich, und ihm schoss durch den Kopf, dass er den Rest seines Lebens damit verbringen würde, zu essen und sich zu übergeben.

Am Montagmorgen erzählte Damien Pierre sofort von dem Sonntagsessen, von seinem Großvater, von der Arbeit, von der Provinz, davon, dass ihm schlecht geworden war und dass alle Blödsinn redeten. Er erzählte von den erhebenden Klischees. Über den Clown verlor er kein Wort.

Beim Aufwachen hatte er sich vorgenommen, Pierre alles zu erzählen, aber dann hatte er gedacht, nein, er konnte es einfach nicht. Er hatte ein Gefühl, ein körperliches Gefühl, ein Gefühl im Körper wie eine Mauer, eine Barriere, als stünde er auf der einen Seite der Mauer, und von dem Clown zu erzählen, wäre auf der anderen Seite. Er hatte das Gefühl, es sei verboten, darüber zu sprechen, aber wer verbot es ihm, doch nicht etwa der Clown, das war doch lächerlich, aber es war verboten, wenn er darüber spräche, würde etwas Schreckliches geschehen, eine Katastrophe. Gleichzeitig spürte er, dass die Katastrophe bereits geschehen war.

Pierre hatte das mit den Klischees genau verstanden, er griff den Gedanken auf, entwickelte ihn weiter, wandelte ihn ab.

Er fing an, den Satz »und zum ersten Mal sah ich Heydrich rauchen und trinken« wie eine Losung zu verwenden, Damien tat es ihm gleich, sie verwendeten ihn ständig, sie empfanden keine Freude dabei, aber es brachte sie zum Lachen, zu einem nervösen, irren Lachen.

Komm, wir drehen eine Runde durch den Park, sagte Pierre, hoffentlich sehen wir Heydrich zum ersten Mal rauchen und trinken.

Komm, wir machen die Matheaufgaben zu Ende, sagte Damien, und wenn wir alles richtig haben, sehen wir vielleicht Heydrich zum ersten Mal rauchen und trinken.

Komm, wir sehen fern, sagte Pierre, da sehen wir bestimmt Heydrich rauchen und trinken.

Die Woche verging wie im Flug, sie waren aufgekratzt, völlig überdreht. Wenn sie nicht arbeiteten, brachten sie dumme, sinnlose Sätze zu Papier, die alle mit »und zum ersten Mal sah ich Heydrich rauchen und trinken« endeten.

Ich habe meine neue Rasiercreme benutzt, meine Haut war samtweich, und zum ersten Mal sah ich Heydrich rauchen und trinken.

Es war ein toller Abend, ich habe nette Leute kennen gelernt, in der Mousse au Chocolat war echte Orangenschale, und zum ersten Mal sah ich Heydrich rauchen und trinken.

Ich habe mir das neue Superhandy gekauft, mit dem kann man alles machen, und zum ersten Mal sah ich Heydrich rauchen und trinken.

Ich habe mein Abi mit einem Einserdurchschnitt bestanden, ich habe die Aufnahmeprüfung für die Uni geschafft, und zum ersten Mal sah ich Heydrich rauchen und trinken.

Ich ging die Straße entlang, alle drehten sich nach mir um, alle wussten, wer ich bin, ich wusste es auch, und zum ersten Mal sah ich Heydrich rauchen und trinken.

Mit Madame Martin lief es besser, obwohl sie immer noch keine Lust hatten, mit ihr zu reden, aber es gelang ihnen vor allem besser, Interesse am Unterricht vorzutäuschen. Ein letztes Streitgespräch sollte stattfinden, diesmal mit dem Englischlehrer, und sie bereiteten sich gründlich darauf vor.

Ansonsten ging Madame Martin mit ihnen noch einmal die Philosophen durch, Platon, Descartes, Spinoza, Kant, Nietzsche, Hegel, sie bereiteten sich gewissenhaft vor, wenn auch unbeteiligt. Claudine und Thomas stritten sich, ob Kant oder Hegel von größerer Bedeutung waren, ihnen war das scheißegal. Für sie war es dasselbe. Die Gestirne über mir und die Moral in mir, oder, These, Antithese, Synthese, das alles hieß immer nur: Und zum ersten Mal sah ich Heydrich rauchen und trinken.

Freitag am späten Nachmittag saß Zoé in einem Café auf dem Boulevard Raspail. Inzwischen kannte sie das Viertel gut. Sie war nicht mehr in Madame Migots Laden zurückgekehrt, sie scheute davor zurück, aber ein paar Mal war sie Monsieur Dupuis begegnet, der sich immer gerne mit ihr unterhielt. Er erzählte ihr von früher, er hatte im Spanischen Bürgerkrieg gekämpft, sie erfuhr, dass er eine Armverletzung davongetragen hatte. Heute kam Sacha erst spät aus der Schule, er studierte mit seinen Schülern ein Theaterstück ein, das sie zum Schuljahresende aufführen wollten, und Zoé wartete in dem Café auf ihn.

Sie sah, wie ein paar Jugendliche das Café betraten, sie kamen wohl gerade aus der Schule, sie waren aufgedreht, sie hatten Philosophieunterricht gehabt. Sie fragten sich gegenseitig ab, die Prüfungen standen unmittelbar bevor, sie gingen den Stoff durch, dachten sich Argumentationen aus.

Was ist eigentlich Philosophie?, sagte einer. Die anderen lachten, Madame Martin ist Philosophie, Alice ist Philosophie. Klar, sagte derjenige, der die Frage gestellt hatte, aber was ist für euch Philosophie?

Denken lernen, antwortete ein großer, breitschultriger Junge.

Klar, Thomas, aber was heißt das, denken lernen?, fragte ein anderer.

Das heißt, Ideen zu entwickeln und sie zu überprüfen, sagte ein kleines, rundliches Mädchen mit Zöpfen und Brille.

Und wie überprüfst du die Ideen?, fragte Thomas. Mit Hilfe von Logik? Mit Hilfe der Realität?

Zoé fielen zwei Jungen auf, die sich nicht an dem Gespräch beteiligten, sie schienen vor sich hin zu dämmern.

Denken bringt nichts, sagte plötzlich einer der beiden, überhaupt nichts.

Die ganze Philosophie bringt nichts.

Ach Damien, sagte das kleine, rundliche Mädchen mit den Zöpfen.

Der, der Damien hieß, wiederholte, Denken bringt nichts. Oder nur zum Wiederkäuen.

Ach Damien, sagte das Mädchen noch einmal.

Außerdem, sagte Thomas, kannst du nicht behaupten, dass Denken nichts bringt, denn wenn du sagst, dass Denken nichts bringt, denkst du bereits, sagte Thomas. Wie Sokrates, der denjenigen widersprach, die behaupteten, nichts sei wahr, denn wenn sie das sagen, behaupteten sie immerhin, es sei wahr, dass nichts wahr sei …

Schon gut, sagte Damien, schon gut. Du hast Recht, Thomas. Er hat Recht, Claudine, sagte er zu dem Mädchen. Ich habe Unrecht.

Er stand auf, streckte sich, schlenderte zur Jukebox, blätterte die Songs durch und legte *Fever* auf, in der Version von Alice Snow.

Er sagte:

»Es ist eine schöne Narrethei, das Sprechen: damit tanzt der Mensch über alle Dinge.«

Er kehrte an den Tisch zurück.

Dieses Zitat hat Madame Martin uns am Anfang des Jahres vorgelesen, es ist von Nietzsche.

Denken, sprechen, tanzen. Philosophie ist tanzen.

Er sprach, ohne zu lächeln, er sah niemanden an, er wirkte abwesend.

Sagt er das wirklich?, fragte Claudine.

Ja, sagte Damien, er zuckte mit den Achseln, setzte sich wieder hin und schwieg.

Sie diskutierten noch etwas weiter, vor allem Claudine, die aussah, als wäre sie unzufrieden mit Damien.

Nach einer Weile verabschiedeten sie sich. Gerührt sah Zoé ihnen nach. Sie erinnerte sich an ihr eigenes Abitur und ihre Begeisterung für den Philosophieunterricht. Dann dachte sie an Madame Martin, die tolle Lehrerin, die Alice Snow ähnlich sah und damit auch der toten Frau aus der Rue Delambre, und sie dachte an die vagen, wenn auch beharrlichen Gedanken, die sie wegen dieser Ähnlichkeit verfolgt hatten. Sie lächelte und zuckte mit den Achseln.

Vor den Osterferien hatten Pierre und Yves vereinbart, an einem Sonntag zusammen mit Yves' Vater im Wald picknicken zu gehen, das würde ihn ablenken, hoffte Yves. Pierre hatte nicht mehr daran gedacht, überhaupt nicht mehr, aber Yves hatte ihn daran erinnert, und er hatte nicht nein sagen können. Damien hatte Pierre versprochen mitzukommen, so ging er wenigstens seinem Großvater aus dem Weg. Sie hatten sich am Bahnhof Montparnasse verabredet, auf dem Gleis in Richtung Rambouillet. Yves und Monsieur Lambert kamen eine Viertelstunde zu spät, sie hatten sich beim Umsteigen vertan. Diese Kleinigkeit deprimierte Pierre, er wusste nicht, warum. Aber Monsieur Lambert freute sich sehr, er sagte den Jungen, sie sollten ihn Michel nennen, und verkündete, seine Frau habe einen Zitronenkuchen gebacken, ihre Spezialität. Sein Gesicht war müde und zerfurcht, aber offen und nett, Yves sah ihm sehr ähnlich, außerdem trugen sie die gleichen Hosen. Yves wirkte auch glücklich.

Der Zug war nicht voll, trotz des schönen, nicht zu heißen Wetters.

Sitzen, Ausruhen, Stille.

Sie sahen aus dem Fenster auf die vorbeiziehende Landschaft, Werkstätten säumten die Strecke, Monsieur Lambert unterhielt sich mit seinem Sohn über Autos, Pierre und Damien waren in ihren Gedanken versunken, aus denen sie doch eigentlich hinauswollten.

Aber Stille. Der Zug, die offenen Fenster, der Geruch der Schienen, die Banlieue, die an ihnen vorbeizog. Einfamilienhäuser aller Art, kleine Fertighäuser, Chalets, unechte Herrenhäuser aus Stein, Rasen und Gärten, Fabriken, Lagerhallen, Hochhäuser in Reih und Glied, massenweise. Kleine Fenster mit zersprungenen Scheiben, triste Balkone.

Schmale Wege, Durchgänge. Parkplätze. Sandkästen. Kinder.

Sie fuhren an einem gigantischen Einkaufszentrum vorbei, beeindruckend, eine eigene Stadt. Monsieur Lambert sagte, dieses Einkaufszentrum sei bekannt, er habe davon gehört. Die Leute kämen von überall her, um hier einzukaufen.

Sie hielten an einem Bahnhof, den Namen der Stadt sahen sie nicht, ein großes, grünweißes Plakat warb für einen Kriegsfilm, Männer mit Stahlhelm, in Kampfmontur.

Gestern Abend kam ein Film im Fernsehen, sagte Monsieur Lambert. Über den Ersten Weltkrieg. Die Geschichte eines Soldaten, der aus dem Krieg zurückgekehrt ist, er hat alles mitgemacht, Verdun, die Schlacht am Chemin des Dames, er hat alles durchgestanden, Schützengräben, Schlamm, Granaten, Kameraden, die um ihn herum starben, Kameraden, die verstümmelt wurden … Er ist zurückgekehrt, und niemand will etwas davon wissen. Er wird mit Orden überhäuft, aber niemand will etwas davon wissen. Er will erzählen, darüber reden …, sagte Monsieur Lambert. Er muss über seine Erlebnisse reden. Aber die anderen wollen so schnell wie möglich zur Normalität zurückkehren. Schnell schnell schnell zur Normalität zurückkehren, kein Wort mehr davon. Selbst seine Eltern, selbst seine Verlobte. Er hält das nicht aus, es macht ihn verrückt.

Das ist schlimmer als der Krieg, sagte Monsieur Lambert.

Dass die Leute nichts davon wissen wollen, das ist schlimmer als der Krieg.

Er hat es gesagt, sagte Monsieur Lambert. Er hat gesagt, er habe das Gefühl, nicht mehr zu existieren, ausgelöscht worden zu sein.

Das macht ihn verrückt, sagte Monsieur Lambert. Er fängt an, Dummheiten zu machen. Die Geschichte nimmt kein gutes Ende.

Alles, was er durchgemacht hat … Niemand wollte etwas davon wissen, wiederholte Monsieur Lambert mit dünner Stimme.

Der Zug fuhr an. Monsieur Lambert seufzte.

Yves schwieg und sah aus dem Fenster.

Pierre und Damien fühlten sich unbehaglich.

Die Landschaft veränderte sich, sie waren bald da. Monsieur Lambert fand seine gute Laune wieder und lud die Jungen ins Café ein, »zur Stärkung«, wie er sagte. Die Jungen tranken Cola, Monsieur Lambert ein Bier, dann machten sie sich auf den Weg in den Wald.

Alle vier freuten sich über die Bewegung. Monsieur

Lambert sagte, eins, zwei, er kreiste mit den Armen, Yves tat es ihm nach, Pierre und Damien auch. Sie fanden Yves' Vater sehr nett.

Der Wald, die Steine.

Sie hatten keine Lust, bergauf zu gehen, also verließen sie den Weg und schlugen sich ins Gebüsch, Gestrüpp, Unterholz.

In der Ferne sahen sie Reiter, Pferde. Monsieur Lambert erzählte, er sei als Junge oft geritten, auf dem Land, natürlich keine so edlen Pferde, aber es habe trotzdem Spaß gemacht.

Er erzählte von dem Bauernhof, auf dem er aufgewachsen war, Yves hatte seine Großmutter noch kennen gelernt, sein Großvater war schon tot gewesen, »totgeschuftet«, sechs Kinder, ein kleiner Hof, Hühner, Kaninchen.

An einer ruhigen Stelle ließen sie sich nieder, sanftes Licht, Rascheln, Vogelgezwitscher, und breiteten die rotweiß karierte Decke aus, die Yves und sein Vater mitgebracht hatten.

Belegte Brote, hart gekochte Eier, Tomaten, der Kuchen. Limonade und Cola. Pierre hatte Brote mit Geflügelleberpastete dabei, Damien gegrillte Hähnchenschenkel. Sie teilten alles auf und begannen schweigend zu essen, hungrig.

Sie saßen, lagen im Gras und beobachteten die Baumwipfel, den Himmel, die Wolken.

Ich hatte meinen Alltag, meine Freunde, sagte Monsieur Lambert plötzlich.

Morgens hieß es, wie geht's?, gut und dir?, auch gut.

Ich hatte mich daran gewöhnt.

Ich war Elektriker, die Firma ist Pleite gegangen, sagte Monsieur Lambert, als wüssten die anderen das nicht längst, oder als müsste er es sich immer wieder vor Augen halten, oder aber, dachte Pierre, als überraschte ihn der Satz immer wieder aufs Neue, als wären der Satz oder die Sache oder die Tatsache oder die Realität einfach da, als stünden sie vor ihm, immer wieder, und was jetzt?

Meine Freunde, sagte Monsieur Lambert …

Mein bester Freund hieß Émile. Wir haben uns ständig gestritten, egal worum es ging, aber was hatten wir für einen Spaß.

Und jetzt, sagte Monsieur Lambert … Natürlich können wir uns treffen, aber es ist nicht mehr dasselbe.

Jetzt denke ich über das Leben nach, sagte Monsieur Lambert.

Ich habe überhaupt keine Lust, über das Leben nachzudenken, wenn man über das Leben nachdenkt, ist man tot.

Er verstummte. Die Jungen schwiegen.

Ich habe nichts zurücklegen können, sagte Monsieur Lambert.

Ich habe einen Freund, noch aus der Schulzeit, der eine Autowerkstatt hat, Alexandre, Reparaturen rund um die Uhr.

Mir liegt so was nicht. Das ist nicht mein Ding. Nicht mein Charakter.

Ich habe es nie geschafft, Geld zurückzulegen.

Und dann ist es auch eine Frage von Glück, sagte Monsieur Lambert.

Sie waren fertig mit dem Essen und lagen auf dem

Rücken. Über ihnen kleine weiße Wolken, die still vorüberzogen, die Weite des Himmels.

Die Worte schwebten davon, verschwanden in der Ferne.

Damien spitzte die Ohren, Monsieur Lambert sprach leise. Es wurde immer schwerer, ihn zu verstehen.

Eine dünne Stimme, leise.

Wie wenn man im Dunkeln flüstert, dachte Damien.

Er hatte die Augen geschlossen, er hörte fast nichts mehr, nur noch ein Murmeln, ein Murmeln, das vorüberzog wie die Wolken, das anschwoll und verschwand.

Leben, was ist das eigentlich?, fragte sich Damien, und zugleich dachte er, dass die Frage zwar normal war, es aber nicht normal war, sie sich hier und jetzt zu stellen, einfach so.

Yves hatte sich aufgerichtet, er saß im Schneidersitz, er hörte seinem Vater zu und starrte auf die Bäume.

Pierre war liegen geblieben, er spürte ein Stechen, konnte in Monsieur Lamberts Leben noch etwas passieren, die Antwort kam sofort, nein. Er dachte daran, was Yves getan hatte, der Lehrer, das offene Fenster, er sah sie wie in Großaufnahme, die Stimme von Monsieur Lambert unterlegte das Bild, seine leise, erstaunte Stimme, ein Hintergrundgeräusch.

Dann erzählte Monsieur Lambert von Yves' Geburt und wie sehr er sich gefreut hatte, Yves lachte, Damien und Pierre lachten auch.

Der Vater zeigte es mit den Händen, ein winziges Baby, und dann hat er laufen gelernt, Fahrrad fahren.

Er sagte, ich wollte immer zwei Kinder haben, erst einen Jungen, ein Junge beschützt seine Schwester, und dann ein Mädchen, was das angeht, habe ich Glück gehabt.

Yves lächelte, er sah stolz aus.

Ich habe meine Frau auf einem Ball zum Nationalfeiertag kennen gelernt. Seine Mutter. Annie. Sie war so hübsch, so schüchtern, aber ich merkte sofort, dass ich ihr gefiel. Kleine Zeichen. So sind die Frauen, sagte Monsieur Lambert, es war keine Behauptung, der Tonfall war nachdenklich.

Meine Frau ist tapfer, fügte Monsieur Lambert hinzu.

Schade, dass mein Vater meine Kinder nicht mehr kennen gelernt hat.

Mein Vater war ein guter Mann.

Er redete nicht viel, aber er machte sich seine Gedanken. Er sagte oft, wir leben doch in einer Demokratie, in einer Republik, warum entscheiden wir nicht alle gemeinsam, stattdessen ist es allen scheißegal. Ich finde, er hatte Recht.

Der Wald ringsum, Licht und Schatten.

Etwas nagte an ihnen, ein Stechen.

Je länger Monsieur Lambert sprach, desto mehr nagte es an ihnen, Pierre spürte es zuerst, dann auch Damien.

Damien, er wusste nicht, warum, erinnerte sich an seine Grundschulzeit.

Monsieur Lambert sagte, ich habe mein Leben lang gearbeitet, aber eigentlich weiß ich nicht, was das ist, arbeiten.

Ich meine, wiederholte er und betonte die Worte einzeln: was das ist, arbeiten.

Die Sonne zwischen den Bäumen.

Alles wird ausgelöscht, sagte Monsieur Lambert plötzlich.

Zu Lebzeiten der Menschen wird alles ausgelöscht.

Alles wird ausgelöscht. Die Menschen werden ausradiert.

Sie hatten nur noch eine Woche Unterricht, dann würden sie sich zu Hause auf die Prüfungen vorbereiten. Madame Martin hatte den Englischlehrer Monsieur Bernard eingeladen, mit dem sie sich gut verstand. Er hatte mit den Schülern *Hamlet* gelesen, mit ihnen eine Theateraufführung besucht, und Madame Martin und er hatten beschlossen, eine gemeinsame Unterrichtsstunde über das Stück zu geben, beide fanden, das sei eine gute Art, das Schuljahr zu beenden.

Monsieur Bernard hatte die Schüler mit seiner Begeisterung für Shakespeare angesteckt, der Geist, die Rückkehr des ermordeten Vaters, der Rache fordert, die wankelmütige Mutter, *mother, mother, mother*, Prinz Hamlet, seine Abscheu vor dem Leben am Hof und vor der Gesellschaft, sein Trübsinn und seine Ironie, seine Zweifel und Fragen, *to be or not to be*, Sein oder Nichtsein, Selbstmord begehen oder nicht, die Gegenwärtigkeit des Todes mitten im Leben, der Dialog des Prinzen mit dem Totenschädel auf dem Friedhof, *alas poor Yorick*, Ophelias leidenschaftliche Liebe, ihr pathetischer Tod, *good night, sweet ladies, good night*, und vor allem die Sprache, die Art und Weise, wie Shakespeares Worte alles zurechtrückten und gleichzeitig alles erschütterten, wie sie die Welt zum Leben erweckten, das Universum, das Meer, den Wind, die Nacht und die Sterne, wie sie durchlöcherten und bevölkerten, zerfraßen, zernagten und wieder zusammenfügten, die Worte und Wortspiele, wie übersetzt man »*the king is a thing of nothing*«, das alles erschien ihnen, ganz wie ihr Lehrer es beabsichtigt hatte, aktuell, zeitgemäß. Als Madame Martin sie fragte, wie ihnen das Theaterstück gefallen habe und warum es ein »philosophisches Theaterstück« sei, hoben fast alle die Hand.

Geoffroy wollte etwas zu dem Geist sagen, in einigen Interpretationen wurde er als absurde Erfindung bezeichnet, er war da anderer Meinung, wenn man ganz fest an etwas denkt, kann man es sehen.

Flo wollte etwas zur Liebe sagen, wie die Liebe zum Tod führen konnte, und zur Figur der Ophelia.

Sabine wollte etwas zu Hamlets Beziehung zu seiner Mutter sagen, sie hatte Freuds Interpretation gelesen.

Viele, darunter Thomas, interessierten sich vor allem für die Gesellschaftskritik, die Kritik an der Macht, *something is rotten in the state of Denmark*, etwas ist faul im Staate Dänemark, der kriecherische, blinde Gehorsam der Höflinge, Polonius, Rosenkranz und Güldenstern, wie Hamlet sich über sie lustig macht und sie als einen Schwamm bezeichnet, der alles aufsaugt, wie er sie dazu bringt, Unsinn zu reden.

Etwas ist faul … Thomas führte den Gedanken aus, er ließ nicht locker, er drehte sich zu Pierre um und fragte ihn, ob er das genauso sehe, er erinnerte sich wohl an Pierres hitzige Worte zu Antigone und den Gesetzen.

Pierre, der nur aus weiter Ferne am Unterricht teilnahm, wachte auf und sagte, ja, ja, klar, er sehe das genauso. Mehr sagte er nicht, anders als Thomas erwartet hatte.

Damien meldete sich nur, um als Antwort auf Sabine zu sagen, die Mutter könne einem doch scheißegal sein.

Claudine hob die Hand und sagte, es handele sich ihrer Meinung nach tatsächlich um ein philosophisches Theaterstück. Sie verwies auf das Gespräch zwischen Horatio und Hamlet. Horatio sagt, das mit dem Geist sei doch recht befremdlich, *O day and night, but this is wondrous strange.*

Und Hamlet antwortet: *There are more things in heaven and earth, Horatio, than are dreamt of in your philosophy.* Es gibt mehr Dinge zwischen Himmel und Erden, Horatio, als eure Philosophie euch träumen lässt.

Ich finde, sagte Claudine, so etwas zu sagen, so etwas zu denken ist eine wahre philosophische Haltung. Man reduziert die Dinge nicht, man presst sie nicht in ein Schema, man nimmt sie auf. Schließlich sagt Hamlet, als Horatio über die Befremdlichkeit der Ereignisse spricht, man müsse die Ereignisse aufnehmen wie einen Fremden, *and therefore as a stranger give it welcome.* So gastfreundlich wie möglich.

Madame Martin, sehr zufrieden mit Claudine.

Dann sagte Madame Martin, es sei auch ein Text über die Jugend, über das Heranwachsen, Hamlet sei überfordert, er müsse zu viele Konflikte gleichzeitig aushalten, er habe zu vieles gleichzeitig im Kopf, seinen Vater, seine Mutter, den Mord, die Gesellschaft, die Liebe. Der Schauspieler, den sie im Theater gesehen hatten, hatte das Stück im Übrigen auch in diese Richtung interpretiert, sagte Madame Martin, er spielte die Rolle nervös, elektrisiert, als habe er Fieber.

Gebannt hörte die Klasse zu. Sie hatten noch zwei Mal Unterricht bei Madame Martin, aber das hier war eine Art Fazit, das Fazit ihrer Lehrerin nach einem Jahr Philosophie.

Auch Pierre war gebannt. Nach dem Unterricht wollte er mit Damien reden, aber Damien hatte keine Lust. Pierre trottete nach Hause, er war irgendwie sauer auf Damien. Er arbeitete bis spät in die Nacht, schlief ein, unruhig, wachte sofort wieder auf, aus seinem grauenvollen Albtraum, und tat die ganze Nacht kein Auge mehr zu.

Damien arbeitete ohne nachzudenken und träumte nicht.

Am nächsten Tag wäre Pierre beinahe zu spät zur Schule gekommen, und zu Beginn von Madame Martins Stunde meldete er sich. Er sagte, er wolle noch einmal auf das zurückkommen, worüber sie am Tag zuvor gesprochen hatte, »etwas ist faul im Staate Dänemark«.

Anstatt von den aktuellen gesellschaftlichen Problemen und von der Arbeitslosigkeit zu sprechen, wie alle erwartet hatten, begann er hastig und unzusammenhängend über Vichy zu sprechen, über die Spuren von Vichy, über Eichmann, über das, was er gelesen hatte, es sprudelte nur so aus ihm heraus, er konnte gar nicht mehr aufhören.

Nach einer Weile sagte er, Hamlet fühle sich fremd in der Welt, und er, Pierre, verstehe ihn gut, denn wenn man das alles gelesen und verstanden habe, Vichy, Eichmann, das alles, dann könne man sich der Welt nicht mehr zugehörig fühlen, dann könne man sich nur noch fremd fühlen.

Damien starrte Pierre an, er fragte sich, wie weit er gehen würde. Er war gelassen, er hatte keine Angst. Reine Neugier. Als ginge ihn das alles nichts an.

Madame Martin hörte Pierre zu, ihr war klar, dass etwas nicht stimmte, sie dachte an sein seltsames Verhalten seit den Osterferien. Sie sagte, sie würde am nächsten Tag ein paar Textstellen mitbringen, »aus dem Buch, das Sie gelesen haben, Pierre«, damit sie darüber diskutieren könnten. Sie erläuterte ihnen den Untertitel des Buchs, »ein Bericht von der Banalität des Bösen«, das bedeute keinesfalls, dass das Böse etwas Banales sei, sondern dass es von gewöhnlichen Menschen begangen werde, von gewöhnlichen Menschen begangen werden könne, die keine »Ungeheuer« seien.

Nach dem Unterricht weigerte sich Pierre, mit Damien zu sprechen.

Damien war gekränkt. Dann dachte er, pah, und lernte den ganzen Abend für Biologie.

Pierre tat überhaupt nichts, er sah mit seinem Großvater fern, ging früh ins Bett und schlief wie ein Stein.

Am nächsten Tag las Madame Martin ihnen zwei Zitate aus dem Eichmann-Buch von Hannah Arendt vor.

In dem ersten Zitat, erklärte Madame Martin und sah dabei Pierre an, geht es um die Deutschen, aber selbstverständlich kann man den sarkastischen Unterton, den Zorn der Autorin auch auf andere Gruppen, auf andere Bevölkerungen übertragen.

»Viele Deutsche und viele Nazis, wahrscheinlich die meisten, haben wohl die Versuchung gekannt, *nicht* zu morden, *nicht* zu rauben, ihre Nachbarn *nicht* in den Untergang ziehen zu lassen (denn dass die Abtransportierung der Juden den Tod bedeutete, wussten sie natürlich, mögen auch viele die grauenhaften Einzelheiten nicht gekannt haben) und *nicht*, indem sie Vorteile davon hatten, zu Komplizen all dieser Verbrechen zu werden. Aber sie hatten, weiß Gott, gelernt, mit ihren Neigungen fertig zu werden und der Versuchung zu widerstehen.«

Bei dem letzten Satz gab es ein paar Lacher. Dann Schweigen. Die Klasse war wie erstarrt.

Ohne abzuwarten fuhr Madame Martin fort und sagte, man dürfe trotz Arendts Sarkasmus nicht vergessen, dass sie auch gesagt habe:

»Denn die Lehre solcher Geschichten ist einfach, ein jeder kann sie verstehen. Sie lautet, politisch gesprochen, dass unter den Bedingungen des Terrors die meisten Leute sich fügen, *einige aber nicht.* So wie die Lehre, die man aus den Ländern im Umkreis der ›Endlösung‹ ziehen kann, lautet, dass es in der Tat in den meisten Ländern ›geschehen konnte‹, aber *dass es nicht überall geschehen ist.* Menschlich gesprochen ist nicht mehr vonnöten und kann vernünftigerweise mehr nicht verlangt werden, damit dieser Planet ein Ort bleibt, wo Menschen wohnen können.«

Das zweite Zitat hatte eine unerwartete Wirkung. Pierre brach in Tränen aus.

Er weinte weinte weinte.

Madame Martin, beunruhigt, aber was ist denn, Pierre, was ist denn?

Damien, der neben ihm saß, legte einen Arm um Pierres Schultern. Er empfand eine unendliche Zärtlichkeit, für Pierre, für alles. Er war sich sicher, dass Pierre alles erzählen würde, und es war ihm egal, so was von egal, scheißegal.

Pierre fasste sich wieder, lächelte Madame Martin zu und sagte, er sei todmüde. Sie schimpfte mit ihm und hielt der Klasse eine Predigt über die für eine Prüfung nötige körperliche Verfassung.

Nach dem Unterricht bat sie Pierre und Damien, einen Moment zu warten, und hielt ihnen noch einen Vortrag über die Gesundheit. Dann sagte sie, auf Wiedersehen, ich glaube fest daran, dass alles gut wird, und lächelte freundlich.

Draußen sagte Pierre zu Damien, dass er nie, nie etwas ohne ihn tun würde.

Sie gingen zu Damien und arbeiteten bis zum Abend für Englisch.

Die Woche verlief ohne weitere Zwischenfälle, nur dem Sonntagsessen sah Damien mit einer Mischung aus Furcht und Abscheu entgegen.

Bei Tisch versuchte er, seinem Großvater Fragen über den Krieg und die Besatzung zu stellen, über das, was er getan hatte, und über das, was er gedacht hatte.

Der Großvater antwortete, und Damien kam es so vor, als hätte er das alles schon einmal gesagt, als wiederholte er es nur, ungerührt, gleichgültig.

Nun hör schon auf mit der Fragerei, sagte Rosine, die sonst nie mit ihrem Sohn schimpfte, wir essen.

Es schmeckt ausgezeichnet, sagte Marcel.

Köstlich, sagte René, Sie haben wirklich ein Händchen fürs Kochen, meine liebe Rosine.

Damien sagte, entschuldigt mich, ich bin satt, und stand auf.

In seinem Zimmer traf er auf den Clown, an den er sich inzwischen gewöhnt hatte.

Er schüttelte ihm die Hand, legte sich aufs Bett und steckte den Kopf unter das Kissen.

Beide bestanden das Abitur mit Einserdurchschnitt, nur gute Noten, in Philosophie und den anderen Fächern.

Nachdem sie die Ergebnisse bekommen hatten, riefen sie ihre Eltern an und beschlossen, in den Luxembourg zu gehen. Tiefblauer Himmel, leicht, wie gemalt. Keine Wolke, kein Kondensstreifen.

Die Wege, die Bäume.

Das schöne Wetter, unwirklich.

Sie holten tief Luft.

Wir werden es keinem sagen, niemals, sagte Damien.

Nein, sagte Pierre, wir werden es keinem sagen, niemals.

Sie fingen an zu rennen.

Pierre blieb stehen, Damien auch, er drehte sich zu ihm um.

Vielleicht gehen wir daran zugrunde, sagte Pierre, daran, es keinem zu sagen.

Er sah Damien an, der ihn auch ansah. Er fügte hinzu:

Aber wir werden es keinem sagen, niemals.

Sie fingen wieder an zu rennen.

Sie rannten.